〔新加坡〕

尤 今 著

聆听文字的声音

尤今的生活哲学

海天出版社

· 深圳 ·

图书在版编目（CIP）数据

聆听文字的声音：尤今的生活哲学／（新加坡）尤
今著. — 深圳：海天出版社，2017.11（2020.2重印）
（尤今小语系列）

ISBN 978-7-5507-2158-6

Ⅰ．①聆… Ⅱ．①尤… Ⅲ．①散文集－新加坡－现代
Ⅳ．①I339.65

中国版本图书馆CIP数据核字(2017)第240431号

图字：19-2017-187号

聆听文字的声音：尤今的生活哲学
LINGTING WENZI DE SHENGYIN: YOUJIN DE SHENGHUO ZHEXUE

出 品 人	聂雄前
责任编辑	童　芳
责任校对	万妮霞
责任技编	郑　欢
装帧设计	知行格致

出版发行	海天出版社
地　　址	深圳市彩田南路海天综合大厦7—8层（518033）
网　　址	http://www.htph.com.cn
订购电话	0755-83460239（邮购、团购）
设计制作	深圳市知行格致文化传播有限公司
印　　刷	深圳市新联美术印刷有限公司
开　　本	889mm×1194mm 1/32
印　　张	6.75
字　　数	109千字
版　　次	2017年11月第1版
印　　次	2020年2月第2次
印　　数	5001—8000册
定　　价	35.00元

这天，明艳的阳光洒在身上，像金色的香槟酒。我和女儿怀着欢喜在莫斯塔尔（位于波斯尼亚和黑塞哥维那境内）的老城区里慢慢逛、细细看，丝绸、铜雕、银器、木雕都是精品。逛着逛着，女儿突然驻足，炯炯的目光里有一见钟情的狂热。

那家店铺里琳琅满目地摆着多彩陶碗。

每个碗都有着截然不同的设计，像一幅幅圆圆的摆放着的抽象画，五彩斑斓。

我仿佛在碗里听到了音乐、看到了故事，我和女儿一起进入了一个充满童话色彩的神秘王国。

女儿痴痴地看，然后说："我要买。"那语调，有着不容反对的坚毅、不容劝说的固执。

旅居伦敦的她，喜欢烹饪，常常在周末邀好友到家里共进晚餐。她认为使用这种充满了艺术美的大碗、小碗盛放食物，食物也会溢满梦幻的味道。

店东是个好脾气的中年女子，她把多彩陶碗一个一个小心翼翼地摆放在地上，让我们挑选。我们母女轻声细气地讨论着，唯恐嗓门一大，会把那些精致的陶碗震裂。每个碗都极富魅力地展现着自己的风格，冷峻或柔婉，朴拙或雅丽，严肃或奔放。每个沉默的碗，都在无声地叙述着一个古老的传说。把这样的碗带回家，满屋喧嚣，都是听之不尽的故事。环肥燕瘦，各有千秋，此刻，取舍竟是如此困难。我们拿起又放下，放下再拿起，如此反反复复，几经折腾，终于选定了。

大碗、中碗、小碗，各挑了8个。

多彩陶碗沉甸甸的，非常重。我提醒女儿："这些碗不能托运啊，只能用手提。"她露出了赴汤蹈火也心甘的表情，说道："没问题，我不买别的东西，就买这些。"又问，"妈妈，您为什么不买呀？"我微笑不语。旅行经年，我早已过了"见山是山"的人生阶段了。一切只要看过了，便算是拥有了。

女儿将多彩陶碗用报纸一层一层地包好，千山万水一路上呵护备至地提着返回伦敦，那种如履薄冰的小心、溢于言表的兴奋，好似手里提着的是一个初生的巨型婴儿。

返回伦敦不久，便野人献曝般呼朋唤友前来用餐。事后，她在电话中告诉我，多彩陶碗把一桌朋友的眸子都照得晶晶发亮，大家击节叹赏。

女儿很起劲地侍弄着她的多彩陶碗，每逢周末，便烹煮各式各样的菜肴来和多彩陶碗进行搭配，她兴致勃勃地说，每个碗都有自个儿的性格，唯有煮出与它们情投意合的食物，才能衬托出它们超尘绝俗的美丽。女儿发现，多彩陶碗用来盛放白白的大米饭或者清澈的汤水，最能凸显它的美丽；如果放的是汁液浓稠的肉类，会玷污它的色彩、糟蹋它的图案。

　　我心想：这不是本末倒置吗？原该是配角的碗碟，现在不但喧宾夺主地成了饭桌上的焦点，而且还主宰碗里乾坤哪！

　　又过了一段日子，女儿竟然绝口不提多彩陶碗了。

　　问起时，她意兴阑珊地说："从碗柜里搬出搬进，很麻烦。再说，沉甸甸的，清洗也不容易呀！"

　　多彩陶碗完全失宠了。

　　对于处在"见山是山"阶段的旅者来说，这是必经的过程，也是必交的学费。

　　在我家里，被打入冷宫而不见天日的东西多不胜数，而这些昔日的宝贝都曾经是我千辛万苦地抱着、提着，跋山涉水地捎回来的！

　　在人生的道路上走了漫长的许多年，对我而言，波斯尼亚和黑塞哥维那的多彩陶碗与其他多如繁星的纪念品一样，是稍纵即逝的过眼云烟。

天长地久的，唯有文字。

文字，就犹如一只多彩的碗，我用它来盛放人生甜酸苦辣各种味道。

现在，把这只文字的碗献给读者，衷心希望大家也能尝及碗中百味，更希望大家都能听到从碗里源源不断地流出来的声音——属于文字的声音。

《聆听文字的声音：尤今的生活哲学》这部作品，收录了58则小品文。

全书共分五辑：第一辑"种瓜得瓜"，记述11则爱的故事，亲情、友情、爱国情都在爱的范畴内；第二辑"变通哲学"，畅述10则有关生活的小故事，体现的是贴近人心的生活情趣；第三辑"百宝锅"，叙述9则有关饮食的趣味故事，许多宝贵的人生道理就不动声色地蕴藏在袅袅炊烟里；第四辑"羊的启示"，通过13则趣味满溢的旅游故事，道出足履天涯者的心声；第五辑"旧欢如梦"，抒写15则有关语言、教学与文化的逸事。

书中多篇作品曾为中国的报纸与杂志所刊载。

衷心感谢中国深圳海天出版社于2014年为我出版了一套四部小品文（《走路的云》《清风徐来》《把自己放进汤里》《倾听呼吸的声音》），于2016年为我出版了一套两本游记（《地中海那马车夫》《不老的阿尔卑斯山》），今年又为我出版一套三部文集（游记《被人遗忘的天堂》、小品文《花瓣的甜味》和《聆听文字的声音》）！

尤今

2017 年 5 月 10 日

目　录

1

2

[第一辑]

种瓜得瓜

　　爱是瓜，也是豆吧。种瓜得瓜、种豆得豆。成长了的儿子，总想方设法把鬓白的妈妈妥妥帖帖地照顾好。

天空受伤了，呈现一片含糊不清的灰黑色。邋遢的云朵像扯烂了的旧棉絮，东一块、西一团，有气没力地挂在岌岌可危的天幕上。邻国印度尼西亚"烧芭"①所引起的林火，使新加坡遭受了有史以来最严重的烟霾灾害。

我吸进肺里的每一口气，都沉甸甸地裹着脏兮兮的灰烬，呼吸管道严重淤塞，十分辛苦。

去医院看病后，回家时在大门口碰到刚刚下班的儿子。看到脸如死灰的我，他问明原委，一声不响又驾车出去了。

少顷，他捧着一个大大的空气净化器回来，手脚麻利地安置在我卧室里，说："妈妈，今晚你一定能够睡得舒舒服服。"我服了药，昏昏沉沉地，倒头便睡。半夜醒来，看到一个颀长的黑影蹲在床边，吓了一大跳。仔细再看，原来是儿子。他轻声说道：

---

① "烧芭"是印度尼西亚农民昔日惯用的农耕方式，他们放火把郁葱的热带雨林烧成空地，用以耕种。余下的灰烬则充作天然肥料，一举两得。"烧芭"的耕作方式严重地破坏了生态环境，然而，由于成本低廉，依然被广泛使用。

"我来检查空气净化器运行得顺不顺。"

在这一刻，我的心弦很温柔地被牵动了。

那一年，日胜远赴沙特阿拉伯工作，我偕同两岁的儿子去大漠生活。就在那个风沙迷蒙的地方，他患上了哮喘病。

每回病发，他便好像被滔天巨浪冲上岸的一尾鱼，暴突的眼珠仿佛随时会脱离眼眶飞弹出来；痛苦地张着的嘴巴，像一个绝望的黑洞；肺部呢，则是坏损的抽风机，嘶嘶作响。我十万火急地抱着他赶往医院，初到大漠的他，胖嘟嘟的，抱在怀里很沉、很重，他喘，我也喘。在高达 40 摄氏度近乎燃烧的天气里赶抵医院时，飙出的汗化成了背上的一层糊糊，母子俩的脸都白得像鱼腹。他在氧气罩里吸足了氧气而缓过气来时，我却瘫坐在一边，骨头都散散垮垮的，撑不起一身的重量。

最糟的是他半夜发病。在夜色里，我手忙脚乱地扑向医院，经过治疗，他安稳地睡去了，我却不敢掉以轻心，在病榻旁一直守到天泛鱼肚白，见他无事了，才勉强合眼小睡一会儿。在大漠里，无数个夜晚，我的睡眠就这样被他的哮喘病捅得像一张渔网，满满地都是网眼。

原本打算在大漠住上 3 年，但是，他三天两头病发，身子好似被扎了一个孔的气球，瘪得像张纸。终于，医生劝我搬离大漠。

千山万水地飞回家，他的哮喘病却未能断根。

西医治不了，我便四处寻求偏方，什么蝙蝠干、鳄鱼肉，全都买来炖汤给他喝，焦虑得连蓬蓬勃勃的头发也萎萎蔫蔫地憔悴了。有时，他闹脾气，不肯喝那有着些许怪味的汤，我便耐着性子，给他讲故事、陪他看电视，一小匙一小匙地喂他。一碗汤，拖拖拉拉地喝上一个多小时，对于"分秒必争"的我来说，这样子挥霍时间，是近乎"奢侈"的。

到了五六岁时，他哮喘病发作，我已抱不动他，只能背他。他那断断续续好似随时会画上句号的呼吸声落在耳里，像揪心的雷声，我步履沉重地走着，眼泪"啪嗒啪嗒"地掉，他察觉到了，便语不成调地说："妈……妈，你……不要……不要哭……"

终于，无比艰难地、一寸一寸地把他拉拔成人。

爱是瓜，也是豆吧。种瓜得瓜、种豆得豆。成长了的儿子，总想方设法把鬓白的妈妈妥妥帖帖地照顾好。

母亲的秘密

外祖父是怡保的殷商，母亲自小要啥有啥。然而，第二次世界大战时日本蹂躏的铁蹄改变了一切。经过了几乎连性命也不保、民族尊严丧尽的磨难之后，母亲的性格转为淡泊。

与被誉为抗日英雄的父亲一见钟情而共结连理之后，亲情变成了母亲世界里的全部。如果说少年时期的她是飞旋于林野间任性无羁的风，那么，成了少妇的她，就是淡淡回旋于树梢的风，内敛而又沉着，带着冷眼看世情的睿智。假如说风也有色有香的话，此时的母亲，就像一缕熏染着清凉草香的奶白色的风。

婚后初期，家徒四壁，连一枚白金戒指也成了不可一得的奢侈品，然而母亲从来就不曾引以为憾。偶尔妯娌间有刻意炫耀的行为，母亲总是淡淡地微笑着，那种超然物外的豁达，已达于哲学的境界。

大家都认为母亲"两袖清风"，可是，心思敏锐的我，自小便注意到，她柜子里的一个抽屉总是讳莫如深地上了锁。我忖度，也许家境殷实的外祖母给了母亲几件传家宝，有一天，当山穷水尽时，这些宝物便会像阿拉丁神灯里的巨人一样跳出来，为我们化解危机。正因为母亲有恃无恐，她总不经意地流露着泰山压顶而色不变的安然与恬然。

慢慢地，家境转佳，惯常以罐头食品作为膳食的我们，也能美美地吃上新鲜的鸡鸭鱼肉、大虾大蟹了。

这时，我注意到，母亲的柜子里又多了一个上锁的抽屉。

手头宽裕的父亲开始为母亲选购首饰。一个翠绿通透的玉手镯、一枚纯金雕花的金戒指、一条晶光灿烂的钻石坠子，表达了一个男人对一个心爱女人很深的宠。这样一种细腻的心意，母亲当然能深切而又深刻地感受到。

晚上有酬酢时，母亲穿上旗袍，佩戴着珍珠项链。那一颗颗洁白的珍珠，静静地散发着绚烂的光泽，既淡雅又华丽。我呆呆地看着，觉得母亲像从插图里走出来的仕女，有一股掩盖不住的气韵。

有了两个上锁的抽屉，母亲在心理上是很富足的。然而，让早熟的我觉得很纳闷的是，母亲从来不曾亮出过外祖母给她的传家宝。那个抽屉，就像一个无法撬开的核桃，忠心耿耿地守护着不能向外宣泄的秘密。

这个秘密,终于在一场震惊全国的火灾里出其不意地揭开了。

那是一个燥热得天和地都在狂烈地自焚的下午,母亲在屋子里为幺弟缝缀睡衣,忽闻屋外人声鼎沸,母亲冲出去看,惊愕欲绝地发现附近一个偌大的贫民窟已陷入火海,嚣张的火焰狰狞地把天空烤得焦黑,助纣为虐的风正幸灾乐祸地让火四处飞蹿。脸青唇白的左邻右舍都飞奔回家,把值钱的东西大包小包拼命往外拽。

母亲三步并作两步地冲回家里,飞快地从一个隐秘的地方取出钥匙,打开第一个抽屉。抽屉里,躺着一个褐色的牛皮袋子。她快速取出,稳稳地夹在腋下,一手抱起3岁的幺儿,一手拉着10岁的次子,然后对着13岁的长女说道:"快,牵你妹妹,跟我来。"屋子里的其他任何东西,母亲都视若无睹。

她快如旋风地走,脚步碎而不乱,走了好远好远,走到远离火场、绝对安全的地方才停住脚步。

母亲身无分文,围绕在她身旁的,是她4个至爱的孩子。此刻,闪烁在她眸子里的,是"留得青山在,不怕没柴烧"的欣慰,是一种比腰缠万贯更实在的感觉。

这一场造成无数人流离失所的大火被扑灭,我们安然返回家后,母亲又小心翼翼地把那不啻拱璧的牛皮袋子重新锁进抽屉里。

褐色的牛皮袋子里装着的，是我们一家人的出生证明和身份证。

除了宝贵的性命外，那是母亲在任何时候都不愿失去的——一家人的身份证明。

在女儿成长期间，我常常给住在同一个屋檐下的她写信。

朋友惊诧地问道："母女朝夕相对，有什么话当面说，不是直截了当吗？干吗还要劳神费事地写信呢？"

朋友认为我多此一举，然而我却觉得文字里蕴藏着一种口语所没有的韵味和趣味，能够很好地牵动人心，也可以为孩子的成长岁月留下美丽的痕迹。

在写给女儿的信里，有爱，也有期许；有赞美，也有批评。

发现她怠惰于学业时，我在信中写道："女儿，你是否注意到，后院曾经结实累累的酸柑树奄奄一息了？你知道原因吗？那是因为我疏于照顾，我忘了施肥、懒于杀虫、没有铲除野草。现在，它结出的果实不但稀稀落落的，而且干干瘪瘪的。昨天，我连续切了好几颗，每一颗的汁液都极少，根本做不成你爱喝的酸柑冰。女儿，课业其实就像酸柑树一样，它是需要照顾的。你不能让它自生自灭。你这个学段的成绩退步了，你有好好分析原因吗？一棵酸柑树如果全然枯萎了，就算你要救它，也无从救起了，病从浅中医啊！我愿意给你提供一切帮助。请告诉我，你需要什么，我等着聆听。爱你的妈妈。"

我发现，写这样一封信，比我双眉紧蹙地在孩子耳边絮聒不休或柳眉倒竖地拍桌大骂有效多了。有悟性的孩子，咀嚼信里的字字句句，感受到温暖、关怀与支持，当然知道"回头是岸"的重要性了。

在发现她与好友闹翻而情绪低落时，我在短函里如此写道："女儿，朋友是人生的支柱之一，可是，请不要对着泼洒一地的牛奶哭泣。你一向是个美丽甜蜜的哈密瓜，现在却成了一个使我忧心的大苦瓜。孩子，记得，我的臂膀永远为你张开，等着拥抱你。永远支持你的妈妈。"

在外面感情受伤的孩子，最怕的是孤独无依。当她感受到爱的力量，便找到拭干眼泪的无形手帕了。

孩子有好的表现，我绝不吝于赞美："女儿，这一周，你总共读了3本课外书，好棒啊！文字是会养文字的，你爱写作，大量地阅读能够使你汲取丰富的文学素养。书籍也是心灵的美容剂、精神的维生素，有了阅读的好习惯，就意味着你已经找到终生快乐的钥匙了。为你鼓掌的妈妈。"

这些家书，不是写于烽火连天的时期，当然值不了千金；然而在孩子眼中，它们却是无价之宝。

最妙的是，书信沟通渐渐形成了一种双向交流，女儿也常常给我写字条。慧黠的她把字条藏在我的枕头下、冰箱里、碗柜中、信箱内。字条写得很短，却常常给我带来惊喜，偶尔也给予我醍醐灌顶的警惕。

惊喜者如："我对您的爱太多太多了，一时用不完，放一些在冰箱里冻着，可以保鲜呢！"

警惕者如："妈妈，昨天您在客人面前批评了我，您知不知道这对我来说是一种巨大的伤害？再说，这样做，也于事无补啊！以后，如果我做错了事，请直接点醒我，好吗？"

她 16 岁那年，送了我一面镶嵌在古朴木框里的镜子，以清丽如水的字迹在木框上工工整整地写道："妈妈，每当您揽镜自照时，便会在镜子里看到一个在我心目中最重要的人。这个人，我对她倾注了所有的爱。亲爱的妈妈，母亲节快乐！"

这些爱的信件与字条，是芳香剂、润滑剂、黏合剂，让我们母女俩一生一世心连心。

童年的我，对圣诞老人的最初认知，来自鲜活的芬兰童话。

我知道，这个红袍红帽的白髯老人住在北极圈一个叫作耳朵山的地方，畜养着两万多头替他拉雪橇的驯鹿。驯鹿有着像栗子那样棕色的毛，头上长着角。当它雄赳赳气昂昂地拖着雪橇在一望无垠的雪地上飞奔时，大朵大朵洁白耀眼的雪花也潇洒不羁地飞舞着，欢畅而又妩媚，这个粉妆玉琢的世界霎时充满了活泼的喧嚣。

故事里最让我兴奋而又期待的，不是驯鹿，更不是雪橇，而是圣诞老人。在传说里，耳朵山这个奇异的地方，长满了一只只灵敏的耳朵，它们耳听八方，然后把全世界孩子的心愿传达给乐善好施的圣诞老人。圣诞老人一一铭记于心，在平安夜，当黑暗与静谧吞噬了整个大地时，他就会悄悄地从烟囱里溜进千家万户，把礼物一一派送给孩子们。孩子们一觉醒来，总能在床前那只鼓鼓囊囊的红袜子里找到自己的大欢喜。

引人入胜的童话故事让我美丽的想象力

膨胀到了极致，然而在童年，当贫穷好似强力胶般死死地黏附着我们家时，我却从来就不曾见过圣诞老人那红彤彤、胖嘟嘟、乐呵呵的身影。

说来好笑，那时住在那座简陋不堪的木屋，蒙昧无知的我就曾为了屋子没有烟囱而心生焦灼。我暗自嘀咕：哎呀，圣诞老人怎么可能找到入口呢？后来又自我安慰：驯鹿灵巧，应该会把他拉到门前来吧？

圣诞节来临前，一些卑微的愿望就好像圆滚滚的豆子一样，在心里炒了又炒，炒到我甚至闻到焦味了。一整夜睡不安稳，圣诞日曙光一露，便醒了，急匆匆地起身翻找，床头、床尾，甚至床底都搜寻过了，一无所获——圣诞老人竟过门而不入！我忍不住跑去问母亲："妈妈，为什么我们家没有烟囱呢？"母亲愕然反问："要烟囱干什么？"我说："圣诞老人才能找到进屋子的路啊！"那一刻，母亲沉默了，她的眼睛里闪烁着一些我当年不明白的东西……

年复一年，经历了一次又一次的失望，然而还是固执而愚蠢地选择相信圣诞老人的存在，而且总把希望寄托于下一年。

不讳言，相信有圣诞老人的那些岁月，其实是澄净而又幸福的。因为相信，才会有憧憬，而憧憬就是开在心田里一朵肥硕的花。心田一旦荒芜，人也就瘪了。

终于在床头发现了鼓鼓囊囊的一只红袜子时，早熟的我已经清清楚楚地知道圣诞老人只不过是被商家充分利用的一个喜剧人物罢了。那一年，家境已变好，么弟还处于迷恋童话的年龄，老是巴望着圣诞老人从天而降。善于营造生活情趣的父母，一视同仁地给4个孩子准备了礼物，沉甸甸的，像4条红色的火腿。次日，柔软而甜蜜的阳光把我们当一块面饼一样轻轻地烙醒时，垂挂在床前的这一份礼物立马化成了心田里的肥料，只轻轻一洒，桃红柳绿，花开万里。

也就在这一年，我发现了圣诞老人的秘密——他其实还有另外两个不为人知的小名。

他叫作父亲，也叫作母亲。

从我出生的那一刻开始，"圣诞老人"就已经在我床前挂了一只无形的大袜子，从不间歇地往里面投入一件又一件东西，那是让我一生一世享用不尽的精神瑰宝……

一直浸在爱里成长的我，竟多年视而不见。

我家方德馋嘴。在餐桌上像蚕吞桑叶般风卷残云，不旋踵，又说："妈妈，我饿了。"顿顿好饭好菜，身子像竹笋一样，一尺一尺蹿长，才上初中，便比我高出一个头，常爱调侃我："妈妈，您时常说吃菜才能长高，当年为什么不多吃一点呢？嘿嘿，现在，您想亲我的脸颊，还得爬梯子啊！"

他把幽默当釉彩，让生活灿然生光。

16 岁那年，他负笈美国。我送他去机场，他走进闸门时，肩和腰都挺得直直的，好似个成熟的小男人；但是，他频频地回首，却又不经意地流露了心中的不舍。在闸门外的我，早已眼泪汪汪。

一去 4 年，寂寞就像尘埃，静静地落在屋子里，厚厚的一大片，沉甸甸的。我始终狠着心，没去探望他。蛹，如果没有经过奋力挣扎，又如何羽化成绚烂的蝶呢？只身在异乡，他必须独力完成自我茁壮的历程。

他倒是很快便适应了异国的求学生涯，"飞"来的鱼雁里都透露着兴高采烈。在漫长的学校假期里，他当校园邮差，骑着自行车穿梭，像只勤劳的蜂，以采蜜的心情收集友谊。积攒了足够的钱后，便背包旅行，用见闻来喂养智慧。

取得双学位回国后，无数工作机会等着他。可是那夜，在一大片灿黄的月色下，他对我说："妈妈，您让我去外面磨炼磨炼吧！为了您和爸爸，我日后一定会回来的。"我颔首。朋友戏谑地说风筝断线了。我说，线是爱，肯定断不了。风筝既有翱翔蓝空的意愿，执线的人就该理性地放手——理解与包容原本就是爱的内涵啊！

这只无羁的风筝，在英国、荷兰、中国香港尽情地飞呀飞，飞得潇洒而又惬意。我和他爸，像守在老巢里的两只鸟，静静地等，然而我们从来不曾把心里的焦灼化成给他的压力。我们有信心，雏鸟归巢，只是时间问题而已。

终于，在离家去国整整 10 年后，他履行了诺言，揽着异乡异国斑斓的色彩，于 2014 年返回了爱他的家、回到了育他的国。水是故乡甜，他像一条回归大海的鱼，游出了自在与自得。在国外 10 年，他努力磨剑；而今，他气势如虹，功夫都用在自家国土上。

工作之余，他洗手做羹汤。当年的馋嘴小孩已练就了精湛的厨艺，变着花样炊煮美味佳肴让我们品尝，已成了他娱亲的活动之一。星期天，我馋馋地看着他，说：

"儿子，我饿了。"他叹气："哎呀，怎么老喂不饱呢？"且说且奔向厨房，满脸溺爱。

工作了一阵子后，他向公司申请了假期，带我们去旅行。他像识途老马般，驾着租来的车子，在波斯尼亚的大街小巷窜来窜去，寻找旅舍、观光点、风味小食，寻找旅行特有的那种美丽的感觉。我和他爸坐享其成，笑眯眯、乐陶陶。

我这儿子，其实是在不自觉地重复着当年我们尽心尽力地抚育他时所做的一切……

爱，原来是可以复制的呀！

最近，忘年之交李再成先生在醉花林餐馆欢庆八十大寿，席间，他的儿子上台致辞，忆述了三件往事，十分感人。

第一件事发生于他小学时期。

那时，他父亲的烟瘾很重，每周得抽上一大盒 50 支装的雪茄，而稚龄早熟的他，很早便从杂志上得知，抽烟者的平均寿命只有 65 岁。因此，每回他父亲吞云吐雾时，他便忧心忡忡。小学六年级那年，他向父亲提出了挑战："如果我在会考中获得好成绩，你就彻底戒烟，好吗？"父亲一口答应了。为了达到目标，他拼尽全力，然而，可能是求胜心切，压力过大，没得到心中所期盼的结果。成绩揭晓那一天，他哭得非常伤心，他说："我清楚地知道，我不是为自己而哭，而是为了无法达到让父亲戒烟的大目标而哭。"父亲从他哀切的泪水里读出了他的孝心，于是趋前搂住他的肩膀，对他说道："儿子，我已经决定戒烟，从今天开始。"儿子破涕为笑，但是半信半疑，认为父亲实行的是让他放心的"缓兵之计"。从那天开始，父亲下班回家后，他便刻意走近父亲，握他的手、嗅他的衬衫、闻他口里喷出的气息，看看能不能发现父亲在外偷吸雪茄的蛛丝马迹。他说："父亲一诺千金，真的与香烟诀别了。在我整个成长岁月里，他总是言出必行。这种无言的熏陶，影响了我的一生。"

第二件事发生于他读完高中报考大学时。

当时，他同学的姐姐是会计师，意气昂扬地驾着一辆跑车进进出出。他好生羡慕，一心认定只要当上会计师，便也能买一辆同样的跑车。然而，当他把心中的意愿告诉父亲时，父亲却斩钉截铁地说："不行，会计系根本不适合你！"父亲这种毫无商量余地的强硬口气使他备受伤害，他垂头走开，蹲在自家花园一个不起眼的角落里兀自生气。不旋踵，父亲便找到了他，以一贯温和的口气冷静地向他分析道："你数学不够好，读会计系难免力不从心。爸爸觉得工程系比较适合你，因为你逻辑思维强、行事有条理，工程系能进一步强化你的思维能力，你肯定能驾轻就熟。"父亲以理说服他，他从善如流。几年后，以优异成绩毕业于工程系。

第三件事发生于他上大学后。

有一段时间，他在感情上遇到挫折，心情沮丧，万事无劲。回家后，寡言少语，父亲默默地把这一切收之眼底。有一天，当他再次闷声不响地蜷缩于忧伤的硬壳里时，父亲走进他的房间，对他说道："儿子，我们去外面走走，好吗？"他一声不吭地跟在父亲后面，地上拖着两个灰蒙蒙的影子。他没有想到，父亲竟然把他带到一家乐器专卖店，给他买了一把他梦寐以求的优质吉他。父亲知道他有不想向他人倾诉却又解不开的心结，也知道他素来喜欢音乐，因此，便以这样贴心的方式帮助他纾缓心中的郁闷。回家后，浸在澄黄的月色里，当清脆的音符活泼地从吉他里飞出来时，他果然觉得心中那硬硬的块垒慢慢地消弭于无形了。他说："父亲没有一句多余的话，但是对症下药。"

对孩子观察入微而又无微不至的李再成先生，不断地通过身教、言教、心教（与孩子的心零距离），把孩子拉拔成人、教育成才。

当他年届80，40余岁的孩子当着众人动情地向他道谢时，他一脸满足地说："今天是我最快乐的一天。"

跪

挚友阿佳年轻丧偶，样貌姣好且性子温顺，不乏再醮的机会，可是她却刻意建了一个谁也攻不进的感情堡垒。堡垒里，住着被她视为命根子的独子路志。她含辛茹苦地把路志拉拔成人，耗费的心血不足为外人道也。

最近，路志成婚，在斟茶仪式上，阿佳哭成了一个泪人——是路志出其不意的一个动作触动了她。

路志与新娘子敬茶时，突然向她下跪，说："妈妈，谢谢，谢谢您！"

事后，阿佳跟我复述这件事时，依然眼噙泪光。她说："路志内向，不善言谈。那天双膝一跪，千言万语都在膝上了。"

无巧不成书，最近在报纸上，竟然接二连三地读及有关"跪"的故事。

新闻之一：一名 21 岁的男子，头戴金色及肩假发，身着黑色衬衫配迷你短裙，乔装成女生，混进女生厕所偷窥。被人识破后，当场下跪，苦苦哀求对方别报警。

当一个人以轻贱的行为典当了自己的尊严时，跪地求饶，只是再进一步将鲜廉寡耻的自己侮辱到极致罢了！

新闻之二：泰国曼谷有位女医生，下班时路过车祸现场，看到骑电动车的人遭车窗碎片伤及喉咙，命悬一线。她飞奔上前，顾不得满地尖利、闪烁的玻璃碎片，立马跪地救人，软软的双膝被玻璃碎片割得鲜血淋漓。她跪地救人的视频在网上流传，人人誉她为"人间真正的天使"。

女医生这一跪，大大地突显了"跪"这个动作的意义和价值。

新闻之三：一位迷途知返的 30 岁厨师，在接受记者访问时忆述往事。他年轻时误交损友，染上毒瘾和赌瘾，吸强力胶、服摇头丸，还不分昼夜地进行网络赌博。输钱之后便借钱，欠债之后无力偿还，痛苦不堪便沉沦毒海。三者形成了恶性循环。他的父母前前后后帮他还了 6 万元债务，当他再一次厚颜地向父亲伸手讨钱时，他的父亲突然"扑通"一声跪了下来，双手合十，求他回头！听听，父亲向儿子下跪！男儿膝下有黄金，如果没到束手无策的绝望境地，一个父亲怎么会向自己的亲生儿子下跪！他这一跪，把他儿子活活地"吓醒"了。他说："父亲当年向我下跪，迄今回想，犹觉震撼。"从此改过自新，走上正途。

过去，我也曾认识一名吴姓瘾君子，在此姑且称他为小吴吧！

小吴的双亲遭遇车祸双双罹难时，他才6岁，由祖母一手抚养成人。祖孙相依为命，然而祖母为了谋生，早出晚归，在疏于管教的情况下，他在18岁那年不幸地陷入毒海。他在左右两耳都竖立了"此路不通"的牌子，把祖母劝他的话全都阻挡在外了。每次他被送进戒毒所，祖母都会炖鸡汤，搭颠簸的公共汽车，颤巍巍地拎来给他。每当他看到白发苍苍的祖母离去时踽踽而行的单薄身影，都觉得十分难过，也曾下决心要与毒品诀别，但是抗拒不了毒品的引诱，沉沦了一次又一次。直到有一回，他从戒毒所返回家时，赫然看到他的老祖母跪在他父母的遗照前叩头，恳求他早逝的父母显灵，帮助她至爱的孙子戒毒！一个活生生的人，如果不是到了无计可施的地步，又怎么会下跪哀求已经死去的人施以援手！在那一刹那，小吴觉得天灵盖被重重地击了一下，他下了破釜沉舟般的决心，回头是岸。现在，他是计程车司机，一有空便载老祖母去大街小巷找好吃的，说说笑笑，日子过得扎实而又充实。

形形色色的"跪"，道尽了众生百态，也说尽了人间千种情！

餐馆里的母亲

在餐馆里用餐，邻桌坐着一对母子。

儿子鬓发欲灰未灰，眼尾纹若隐若现。他不敢明目张胆地老去，因为比他更老的母亲需要他照顾。

他的母亲满头白发梳得整整齐齐，她素净的衣着把手腕上那个翠绿的玉手镯映衬得很鲜丽。优雅的她，老得心甘情愿，老得安恬自在，因为她知道，就算她再老，还是有人会把她照顾得妥妥帖帖的。

此刻，儿子忙着张罗，她忙着享受。两个人点了四道菜：清蒸石斑鱼、砂锅豆腐、鱼香茄子、蟹肉面线，都是绵软可口适合老者的菜肴。她胃口极好，比胃口更好的是心情：她的眼在笑，唇在笑，皱纹也在笑。从儿子轻车熟路地照顾她的样子推断，他一定常常带她出门用餐；而她呢，也惯于被他宠爱着。我偷偷瞅着，羡慕得近乎妒忌。曾经，我也有这样圆满如珠的日子啊！

在成长的岁月里，不论是局促地活得困

窘时，还是舒服地活得宽裕时，父母从来都不曾亏待过我们的胃囊，穷有穷的吃法，富有富的吃法。父母将我们的味蕾磨得很锐很利，使热爱美食的我们也热爱着寓趣味于平凡的生活。

岁月之神无情地将父母变老后，我们兄弟姐妹清楚地知道，两代"易位而处"的日子已经到了。我们四处物色美食，偕他们大快朵颐，或者在家里做一桌好饭好菜，请他们上门品尝。我们不要年迈的父母在厨房里趋趄着为我们准备膳食，不舍得让他们累着。每回看到父母被丰腴的食物喂得满眼亮光、满嘴油光，那种承欢膝下的幸福感便在心上化成朵朵向日葵。这种温馨的日子过了好多好多年，直到父母辞世，才遗憾地画上了句号。

菜市中的母亲

在菜市中，有人喊我。抬眼望去，看到一粒会发出声音的"胡桃"，脸上的皱纹东一堆西一堆地聚拢着，密而多。她趋前与我握手，问："你好吗？现在还在工作吗？住在哪儿呀？"我茫然地看着她，她说："哎呀，你不认得我了吗？我是玛莉啊！"

玛莉是我昔日住在纽顿圈时的老邻居，睽违多时，没想到她竟憔悴如斯。当年早婚的她，任职于商行。年过半百时，应3个孩子的要求辞职居家，照顾孙子。巅峰时期，同时看顾8个孙子，原本安静的家变成了喧闹的托儿所。操劳过度的疲累，使年过七旬的她看起来比实龄苍老得多。

此刻，她满是皱纹的手拖着一个双轮的购物篮子，里面装满了肉类、海鲜和五颜六色的瓜果蔬菜。

寒暄过后，我问她："你今天宴客啊？"她摇头说道："每个星期天是我们家的团聚日，大大小小十多口人等着吃呀！"我诧异地问："都是你一个人烹煮啊？"她苦笑着说："是呀，多年如此。偶尔生病不煮，他们就不回来了。我如果想每周看儿孙的话，就一定得煮。"我叹息道："太辛苦了呀！"她耸耸肩，说："我习惯了。"说完，挥手与我道别，赶回家去与炊烟没完没了地纠缠了。

看着她瘦削单薄的背影消失于人群中，我细细咀嚼着她那一句充满了无奈的话："我习惯了。"她究竟习惯了什么呢？习惯了孩子永无止境的索求吗？习惯了孩子忽视她的辛劳的自私吗？习惯了孩子罔顾她的感受的漠然吗？

这是一个溺爱孩子却得不到孩子宠爱的妈妈。

不宠妈妈的孩子，以后必然也会成为失宠的爸爸和妈妈，因为他们已为自己的后代做了负面的身教。

抬起头来走路

在中国北方城市珲春的一所小学，校门上庄严地刻着校训："让每一位学生每一节课都有收获，让每一位学生都能抬起头来走路。"

在这闪烁如金的语言里，蕴含着教育工作者的良知与良心。

坦白说，"让每一位学生每一节课都有收获"是所有忠于职守的老师都应该做到的，难以做到的是"让每一位学生都能抬起头来走路"——其中包括那些犯了错误的学生。

回顾过去的教学生涯，学生犯错，屡见不鲜。如何帮助学生纠正错误，便成了教师职场上的考验。

说说一个例子。

曾经，我给学生设计了一个巩固学习经验的重要测验，这项测验在总成绩中占了一定的比重。那一天，教室里鸦雀无声，人人奋笔疾书。我在监考的当儿，突然注意到学生聂建才（化名）左手紧紧地握成一种不自然的姿势，而且神情紧张鬼祟，还不时开合手掌，窥视掌内乾坤。凭着经验，我敢百分之百地肯定他在作弊。

这时，我有三种解决方式：一、当众揭发，把他揪到训育组那儿，交由校方处理；二、当场中止他参与测验，给予零分以示惩罚；三、以我自己的方式灵活应付。

第一个和第二个解决方案肯定能起"杀一儆百"之效，但是孩子如薄胎般的心也一定会四分五裂。

心念急转间，我做了决定。

我轻轻地走到他身旁，他立即把拳头握得死紧。我把音量压到近乎耳语地说："建才，下课后到我办公室来。"他立刻知道事情败露了，脸色煞白，双唇紧抿。

下课后，我和他静静地坐在辅导室里。我说："建才，你这回作弊，也许有难言的苦衷，我不想追问，我要的是你永不再犯的承诺。我也可以向你保证，这件事不会有第三者知道。"他垂着头，涨红着脸，说："对不起，老师。"我说："明天放学后，你留下来补考，好吗？"他说："好。"我也告诉他，为示公平，他补考的分数将会被扣除 30%。从此以后，他果然不再犯。我总共教他两年，每回见到我，他总是毕恭毕敬。后来他上了大学，教师节时还曾特地返回学校送上温馨的祝福。

教学多年，我曾以多种不同的方式，私下解决了许多犯错学生的问题。只有那些屡劝不听而又屡犯不改的学生，我才动用校规来加以约束。

然而，不论我采取的是什么方法，我一直坚守的一个大原则是：不能当着大家的面恣意羞辱初次犯错的学生，绝对不能。这个道理，就犹如我们不能在众目睽睽下给顺手牵羊的孩子扣上手铐一样①，因为这段丑恶的经历可能会化成一条毒蛇，阴森森地钻进他的记忆里，使他一生一世也抬不起头来。有些怙恶不悛的歹徒走上犯罪的不归路，也许就源于一次公开的"精神凌迟"。

教育的真谛在于使所有不曾或曾经失误的孩子"一生一世都能抬起头来走路"。在人人平等的法律面前，如果涉案的是孩子，办案者也应该格外注意保护他们稚嫩的心灵——"名正言顺"地给他们扣上手铐是易如反掌的，但要在心灵上为他们除去那个无形的手铐却是难若登天的，也许用一辈子的时间也除不去啊！

---

① 2014 年 12 月，新加坡警方逮捕了 3 名涉嫌偷鞋的男孩，年龄介于 9 岁至 12 岁之间。警方当众给他们扣上手铐，带回警署。

双心国度

一段火光冲天的记忆，像一枚钉子，深深地钉在我的脑子里。

20世纪60年代初期，新加坡处处都是邋里邋遢的贫民房。那时，我们一家人住在金殿路，离我们家不远处就是简陋不堪的河水山贫民窟了。木屋、亚答屋、锌板屋，像长坏了的牙齿，杂乱无章地挤在一起。垃圾堆积，蚊虫麇集；沟渠堵塞，臭气熏天。每天经过那儿时，我都仿佛看到成块成团的细菌肆无忌惮地在浑浊的空气里飞来飞去。

1961年某个燥热的下午，突闻屋外人声嘈杂。冲出去一看，哎哟，夹杂着刺鼻气味的滚滚浓烟，把原本洁白的天幕弄得龌里龌龊的。乌黑的浓烟来自冲天的火焰，狰狞的大火像失控的妖魔，正大口大口地吞噬着河水山偌大的贫民窟！大家都担心助纣为虐的风会让火飞卷到自家门口来，于是慌里慌张地冲回屋子收拾细软往外搬，一颗颗心跳得比雷声还要响……母亲带着4个孩子，站在被烤焦了的空气里，朝远处看，沉甸甸的心事浮到脸上，化成眉宇间两道沉甸甸的抬头纹。这场火灾造成 3 万多居民无家可归。

到了 20 世纪 60 年代中期，另一段经历烙在我的记忆里，形成了一个丑陋的疤痕，偶尔翻看，总会引起难以忍受的痛楚。

1964 年 7 月的一个傍晚，父亲匆匆自外返回家，神色紧张地把前、后门紧紧关上，然后一脸凝重地告诉我们，外面发生了种族暴乱事件，华、巫两族互相残杀，局势混乱，非常可怕。当晚，政府便颁布了戒严令。屋子里，空气变得好似琉璃一般脆脆薄薄地，谁也不敢乱动，生怕轻轻一动，琉璃便会"哗啦哗啦"地四分五裂。每个人的神经都像拉得过满的弓，屋外任何风吹草动都足以让我们崩溃。次日，父母在戒严令暂时解除的时间夹缝里赶紧外出抢购米粮和罐头。戒严令持续着，我们全都变成了惊弓之鸟。在风声鹤唳之际传来噩耗，父亲的一个老朋友冯先生在这一场动乱里丧命了。当时，他骑着电动车回家，被围堵的暴徒硬生生地从车上拉下来乱棍打死。冯先生喜欢热闹，说话时总是眉飞色舞，那样一个活蹦乱跳的人啊，说没便没了。我们的恐惧里渗入了很深的悲伤，而这悲伤又加剧了我们的恐惧，我们好像岌岌可危地站在万丈深渊前，每时每刻都面临着粉身碎骨的可能。同年 9 月，种族暴乱事件又重演，我们再次经历了草木皆兵的惊悚不安。局面终于受到控制时，我们家的好友冯先生却永远也回不来了。

在我整个成长岁月里，我经历过贫穷不堪的痛苦、体验过动荡不安的惊惧。在那些私会堂徒横行霸道、失业与失序结伴肆虐的年月里，生活就像一条污浊的河流，你不得不饮用那河水，但入口的脏与臭却让你厌恨与痛恨。

慢慢地，生活的河流在举世瞩目的惊叹声中被净化了。

新加坡子民喝到了梦寐以求的甘甜至极的干净河水。

2015 年 3 月 23 日，在举国同哀的当儿，谨以最虔诚之心，向建国之父李光耀先生献上最深的敬意与谢意。是他，造就了自力更生的新加坡；是他，造就了自强不息的新加坡；是他，强化了新加坡的形象，让新加坡公民拿着护照在 161 个免签证的国家来去自如；是他，让所有的新加坡人能够在世人面前昂首挺胸地说出自己的国名。他为我们营造了一个神话似的世外桃源，让我们在这"双心国度"里"住得安心、活得舒心"。

感恩、惜福。

建国之父李光耀先生，一路走好。

从来不曾看过比这更有教养、更有秩序、更有耐性的队伍。

队伍里，有拄着拐杖的老人、怀抱婴孩的母亲、身怀六甲的妇女、青春焕发的青年男女、满脸青涩的少男少女、活泼蹦跳的男童女童，也有不远千里特地从国外赶回来的国民。

他们以蚁行的速度，慢慢地朝国会大厦的方向一寸一寸地移动着。这一晚，无月也无星，天幕黑得无边无际，只有一盏盏垂头丧气的街灯，以抑郁的亮光静静地照着大地。

年过八旬的老妪因为久站而双足抽筋，她那已鬓白的儿子蹲下为她轻轻搓揉；稚龄幼童因为久候而眼皮酸涩，壮硕的父亲让他在自己宽宽的肩膀上甜甜地睡去；不良于行的残疾人被亲人搀扶着，趑趄着前行……

这个四大种族掺杂的队伍绵延数里，不喧哗、不躁动，安之若素地等，井然有序地等，等上七八个小时，只为了向大家心中宛如明灯的建国总理李光耀先生恭恭敬敬地鞠一个躬，在心里真心诚意地说："谢谢您！"

自从李光耀先生的灵柩移至国会大厦供人瞻仰后，人流24小时不曾中断。

2015年3月23日，巨人的陨落牵动了全民的心，整个新加坡都在流泪。

国会大厦的旁边就是新加坡河。瞻仰过后，我驻足河畔。清澈如明镜的河水静静地流淌，河畔餐馆璀璨的霓虹灯营造出一种如诗般的梦寐气息。看着看着，我突然看到李光耀先生巨大的影子清晰地倒映在温柔的河水上。

不是幻影，是真的。

李光耀先生和新加坡河是合而为一的。

远在20世纪70年代，贯穿市区的新加坡河污秽浑浊、垃圾漂浮、臭气熏天。当时已准备将旅游业打造为新加坡经济命脉的李光耀先生毅然定下"十年清河"的艰巨计划，他和他的工作团队为沿河贫困住户提供现代化的居所，为河畔小贩另建设备良好的小贩中心，终止古老过时的驳船运输业，并把河边的家禽饲养场、果菜批发市场、造船修船厂迁移他处，重新安置。到了20世纪80年代中期，庞杂的清河计划如期完成，一条清澈的河风情无限地流经市区……

多年以来，李光耀先生就是以清理新加坡河的决心、毅力、勇气、魄力斩除遍地丛生的荆棘，冲破无处不在的障碍，把 1965 年独立初期那个连基本生存都成问题的破落小城，发展成今日令国际瞩目的繁华大都会。

由当年的"一无所有"而至今天的"无所不有"，凭的是什么呢？

凭的是李光耀先生"双自"与"双永"的精神。

建国之初，力求"自力更生"；强国之后，讲求"自强不息"。

成功之前，"永不言弃"；成功之后，"永不松懈"。

凭着这样强韧的精神，他带领着国人，过五关斩六将，建立了一个花香氤氲而又在金融方面坚挺的强国。他将法家与儒家的思想融于西方的法治理念中，恰如其分地发展出一套适合岛国的政治体系，将这个不被人看好的区区小国转化为国际政治舞台上发光发亮的经济小龙。

事事未雨绸缪的李光耀先生，在把美好的经济成果呈现给国人的当儿，也深思熟虑地留下了可贵的精神资产。

实际上，李光耀先生就是新加坡河的化身。他净化了新加坡河，提升了全民的生活素质。新加坡河潺潺流经市区时，也流进了全民的心里，并在那儿聚成了海。

海，是永远也不会干涸的。

［第二辑］

变通哲学

碰上狂风暴雨的日子，也许应该试着把闪电看成亮光，把雷声听成音乐，把淋雨当成淋浴，然后平静地等待艳阳在层层云絮中探出头来……

『变通哲学』

约翰是日胜负笈澳大利亚时的同窗，因志趣相投，两人成了莫逆之交。各奔前程后，长期保持鱼雁来往。

约翰的口头禅是："条条大路通罗马。"他精于观察，善于变通，绝对不让自己走进生活的死胡同。获得了工程硕士学位后，任职于悉尼一家跨国公司。具有危机意识的他，晚上到开放大学修读工商管理硕士学位。未雨绸缪，主要是为日后的变通计划储集筹码。几年后，跨国公司因为经营不当而进行大裁员，他的许多同事在丢了饭碗后一筹莫展，他则顺利转入银行工作，薪水涨了一倍。

他深思熟虑地说："通向罗马的道路虽然很多，但你在考取了驾车执照后，也必须努力学会撑船，万一陆路通不了，便得改走水路。"

约翰善于发掘生活情趣，绝对不让繁忙的工作把自己转化为一个无趣的机械人。冲浪、滑雪、打壁球、打高尔夫、打桥牌等，样样会、样样精。他说："一般人只懂得过活，却不晓得玩生活。"

一个性子如此灵活的人，偏偏娶了一个"不知变通、不会拐弯"的女子芬妮。

芬妮是个温顺的女子，不算精致的五官终日被幸福的笑意饱饱地浸泡着，那种从心尖流溢出来的笑，澄澈明净一如山泉，把她平凡的五官衬得非常妩媚。

芬妮的"不知变通"成了约翰口中的趣谈，他笑嘻嘻地说："芬妮烹饪，总是照本宣科。厨房里大小量匙一应俱全，书上说放一匙糖、一匙盐，她便量得准准的，绝对不会按照家人的口味多放或少放一丁点儿。最好笑的是，有一次做烤羊腿，我已经闻到了烧焦的味儿了，嘱咐她赶快拿出来，可她却好整以暇地说，不行呀，依照食谱，还得再烤 20 分钟呢！"

我们笑得前俯后仰，芬妮也好脾气地赔着笑，脸上一层淡淡的红晕。

多年过后，我们重游澳大利亚，去他们家做客。芬妮在约翰长年的熏陶下，早已学会烹饪的"变通之道"，那一道飨客的牛排，烤得柔嫩多汁，一级棒。

他们的两个羽翼已丰的孩子离巢远去了，生活骤然变得一片苍白，芬妮郁郁寡欢。这时，约翰又凭他的"变通哲学"对芬妮循循善诱。芬妮大学修读的是文学，文笔一向不错。约翰向她建议："你何不尝试写写小说？"

芬妮于是拿起了笔，写爱情小说，洋洋洒洒地写了8万字。然后兴冲冲地送到出版社，可是送一家，退一家。芬妮自我反省后，说："我太急功近利了，缺乏耐性，难以写成好作品。"顿了顿，又说，"当然，最关键的是，我没有写作的天分。"

在"变通哲学"下，芬妮凭着扎实的语文水平，改任编辑，在家里替别人修饰文稿。为了扩大"生意范畴"，她还买了大量有关法律、工程、医药、建筑等方面的专业书籍，潜心修读。

起初，"生意"平平，后来发生了一件事情，扭转了乾坤。有一位工程师请她润饰专文，完工之后，她要求约翰帮忙过目。约翰认真读了，发现一些观点有误，要改，可芬妮不同意，她说："他只要求我润饰文句，没要我修改内容呀！"约翰说："你得变通啊，看到错误不改，就好像厨师发现食物沾了老鼠屎，却还麻木地端给客人吃！"约翰把正确的观点写在一张纸上，供对方参考。对方查证之后，感激涕零。从此，靠着口耳相传，"生意"源源而来，芬妮如鱼得水，生活过得有滋有味。

深谙"变通哲学"的约翰，得意扬扬地说道："什么是变通呢？就是变一通百嘛！"

浴缸里的花

犹太妇女持家有方，节俭为要。凡是可用的东西，纵使是旧了、不合时宜了，她们也绝不随意糟蹋或丢弃，总会想方设法让东西找到其他的"出路"，使之展现新貌，获得重生。

这天傍晚，在耶路撒冷一个幽静的住宅区散步时，看到一户人家在屋外摆放了一个巨型的"花盆"，缤纷花卉鲜艳怒放。由于那椭圆形的"花盆"实在太大了，我不由得多看了两眼，这才发现是"一只浴火重生的凤凰"——屋主在陈旧不堪的浴缸里填满泥土，以此充当花盆。

犹太人这种"废物利用"的生活哲学，让我不由得想起了婆婆的"百衲被"、母亲的"百味煲"和父亲的"百写纸"。

婆婆有一双缝纫巧手，针线到了她手中，便有了出神入化的魔力，裁剪出来的衣裳充满了个性，肥胖的人穿了显得丰满而不臃肿，瘦削的人穿上变得窈窕而不干瘪。在她靠缝纫营生的那段日子里，生意盈门，应接不暇。裁衣剩下的碎布料，婆婆不浪费一丁点儿，将之缝成针脚密密的百衲被，结实、暖和、轻。每个孙儿分得一床，夜里把这五颜六色的百衲被盖在身上，连做的梦也璀璨啊！我的3个孩子长大后，负笈海外时，都不约而同地把百衲被放进行李箱，他们说："妈妈，没这被子，睡不着觉呀！"百衲被帮他们纾解了思乡的愁怀。

母亲的"百味煲"呢，集甜咸酸辣于一锅。父母从贫穷的夹缝里挣扎着爬出来后，本着有福同享的心态，每个星期天都邀请叔叔伯伯携带一家大小前来用餐。一共数十人，开三桌宴席。肥油直淌的鸡和鸭、活蹦乱跳的鱼和虾、五颜六色的瓜果蔬菜，都被父母以精湛的厨艺化成了道道美味佳肴。担心客人吃不饱，好客的父母总过量地煮。客人走后，父母便将客人吃剩的肉和菜全都掺和在一起，搁入冰箱。次日，加入芥菜、咸菜、辣椒、酸梅、丁香、八角，煮成一大锅"百味煲"。荤菜与素菜杂糅融合，嚼起来，美味像花瓣一样层层绽放。去除了繁杂的烹饪程序，这道"百味煲"呈现了返璞归真的纯净。一家人围在大桌旁，稀里呼噜吃得大汗淋漓，心灵和胃囊都无比富足。

至于父亲的"百写纸"，则体现了美丽的环保概念。在家里，他有一个专用的橱柜，橱柜里除了一摞摞厚薄不一的书外，还高高地堆着一大沓过时的公函和广告纸，父亲舍不得丢，收着充当草稿纸。一旦反面写满了字后，便用那纸去包东西。他常说："重复使用这些纸张，便等于是挽救了地球的一棵棵树呀！"

上一辈人，经历过战乱时期的颠沛流离，也体验过三餐不继的困窘贫苦。到了太平盛世，不论是吃的、穿的、用的，都不浪费一分一毫。

一物多用或物尽其用是他们的看家本领，这种"精打细算"的节俭是有异于"锱铢必较"的吝啬的。

如今，在娇宠溺爱中成长的新一代，在"饭来张口、衣来伸手"的舒适里，早已养成胡乱挥霍的作风。"节俭"成了一个过时的陌生名词。东西一坏，立马丢弃；就算是完好无损的，只要不合潮流，便弃若敝屣，还得意扬扬地说："旧的不去，新的不来。"

在毫不吝惜地浪费着各种可贵的资源时，他们忘记了地球只有一个。

他日，谁能许诺他们一个新的地球呢？

化雷声为音乐

　　我和阿苓是忘年之交，年近八旬的她，与我隔山隔海地住在两个不同的国家。她忙，我也忙，平常不通音信，但每年总有一小段时间，我们俩会共聚一处，尽情欢叙。

　　今年6月，一见面，她便迫不及待地说："哎，我真幸运呀！"

　　说这话时，她脸上的快乐像阳光，清清楚楚地看得到。明知道赌博对于脚踏实地的她来说是绝缘体，可我还是调侃地问道："你中了彩票啊？"

　　她毫不含糊地应道："不，我中的是乳癌，第一期，两个月前已经做了手术。"

　　我愣住了——罹患乳癌，怎能说是幸运呢？

　　她神采飞扬地说道："你看，我活到79岁，才中癌症，而且在初期便发现了，一刀痛痛快快地切除，不必电疗与化疗，免去一切折腾。手术两个月后，便可以出国旅行了，多快活呀！"

　　我见她各类海鲜来者不拒，忍不住又问道："你不戒口吗？"

她呵呵笑道："戒口？我胃口那么好，能吃而不吃，多可惜呀！再说，西医根本没要我戒口啊，我干吗要自我设限呢？"顿了顿，又说，"实际上，年过七旬之后，每一天对我而言都是上天恩赐的，烦啥愁啥呢？"

乐观面对一切的阿苓，往往能够从一个特别的角度来看待生活的一切挫败和不幸。正因为如此，在人生的道路上，她屡屡跌跤而又快速站起。再度迈步时，比谁都走得快、走得稳。当病魔猝不及防地来袭时，阿苓豁达的心态，等同于无难不克的万灵药。

我的近亲阿崔刚过而立之年，有一女，才3岁。惊悉她罹患乳癌第二期的消息后，我赶去吉隆坡探望她。她正在接受化疗，曾经茂密如林的头发全掉光了，露着光溜溜的头。

她完全没有我想象中的颓唐和沮丧，脸上浮着笑意说道："以前读大学时，老是希望能剪个惊世骇俗的新发型，没想到现在竟然如愿以偿了。"说着，摸了摸光头，又说，"好凉快呀！"

我满肚子安慰的话都找不到出口的机会了。

她继而说道："我很幸运，患上的是最容易医治的乳癌，又只是第二期而已。如果罹患的是身体其他部位的癌症，可能性命不保呢！"

她那亮光闪烁的脸，涌满了感恩的表情。

了解了生命里突如其来的磨难与折腾是无可避免的，阿崔以平常心看待，无怨地接受，平静地面对，坚强地应付，乐观地承受。当许多人畏畏缩缩地以帽子或头巾掩盖光头时，她却坦坦荡荡地自嘲取乐，并积极期待头发以更柔软更漆黑更美丽的姿态重生。

她觉得自己幸运，而她果真幸运地痊愈了。

现在，她如常生活，快乐如昔。病魔像一阵风，来去无痕。

我认识好些人，当生命出现负面的逆转时，一味以眼泪来埋葬自己，一径以恐惧来摧残自己，结果病上加病。

我就曾受好友之托，去辅导一名癌症初期患者。她歇斯底里地哭、喊、叫，口口声声说命运对她不公平，她不曾亏待他人，可老天却恶意惩罚她。她的愤怒、颓丧重重地挫伤了自己，乳癌化成了毒菌，钻入了她的心房，使她在与病魔打这场恶战时，倍加艰辛、倍加困难。

当生命的天空出现乌云时，闪电、打雷、下雨都是必然的程序。从来就不曾有过久雨不晴的天空，所以碰上狂风暴雨的日子，也许应该试着把闪电看成亮光，把雷声听成音乐，把淋雨当成淋浴，然后平静地等待艳阳在层层云絮中探出头来……

祖母的心愿

原本每个月定期聚会的一群朋友，自从有 3 人升任为祖母后，想要相聚，比牛郎织女相见还要难。一个饭局，改了又改，改了再改，终于千辛万苦地选定了日子，大家匆匆赶到约会地点，一看，发现她们 3 人都少了过去那种神采飞扬的亮丽，有的还像软软的油条一样萎蔫萎蔫的。

阿萱是杂志编辑，酷爱阅读，偶尔也舞文弄墨。然而，应接不暇的编务工作和永无止境的家务琐事，使她无法尽情享受阅读的大乐趣。陆续选购回来的书堆积如山，她总想：等退休吧，退休之后便可以随心所欲了。然而退休之后，仅仅在书籍浩瀚的天空翱翔了短短一年，初次弄璋的长子便对她说道："妈，我的孩子交由您照顾。"长子要的是母亲一个理所当然的承诺，那个"不"字重若秤砣，压在舌根，无论如何也无法脱口而出。自此，生活又陷入了没完没了的忙碌中。阿萱觉得自己是一个活在饥馑中的人，那一堆令她垂涎三尺的书，明明近在咫尺，却伸手难及。她说："这个孙子还没带大，另一个孙子又来了。等我把他们全都带大了，视力也衰退了。那一堆好书，也许只能带到天国去读了。"无奈的语调里，透露着无法舒缓的焦虑。

阿蒂是跨国公司的秘书，工作繁忙得无以复加。她喜欢旅行，心里总想：一旦我退休了，就去四海邀游。她甚至连旅游路线都想好了。可是，才从工作岗位退下来，儿子便提出了要求："妈妈，丹尼才4个月，交给佣人看，我实在不放心，您可以每天早上7点到我家来，代我监督工人，傍晚7点我下班以后再回家吗？"从那天开始，一心希望长出一双翅膀看世界的阿蒂，不由自主地身陷劳作不休的"囹圄"。她说："我现在身强体壮，但寸步难移。等我垂垂老去时，想旅行，恐怕心有余而力不足了。"无奈的语调里，透露着美梦难圆的遗憾。

阿宁是忠于职守的护士长，大半生孜孜矻矻地照顾病患，满心盼望退休后能过点清闲的日子，早上打打太极拳，中午和朋友聚聚，吃个饭、看场电影，让劳碌半生的自己能够好好地歇息。然而一退休，她的两个儿子都不约而同地提出了同样的要求："妈妈，孩子白天寄放在您那儿，我们下班后再带他们回家，好吗？"儿子眼中的期盼让她不忍拒绝，于是她的生活重新陷入了无休止的忙碌中，而且过得比过去更累。天泛鱼肚白便匆匆起身，像冲锋陷阵的战士一样，到菜市横扫鸡鸭鱼肉、瓜果蔬菜。回家后，七手八脚地刚处理好一切，早餐还没来得及吃，4个稚龄孩子便"浩浩荡荡"地进门了，奔跑跳跃、喧嚣叫喊，屋子成了战场。喂他们吃了午餐，用尽法宝哄他们午睡后，她又必须为准备十口人的晚餐而忙得天昏地暗了。孩子、孙子饱食晚餐之后，像台风般飞卷而去，留下的残局全由她收拾。次日一早，又是如此，周而复始，漫漫长路，看不到尽头。阿宁快速衰老，一张脸皱缩如咸菜。她苦笑着说："我是没有退休年龄的呀！"无奈的语调里，透露着难以掩饰的疲惫。

3个祖母都有此生可能永远圆不了的心愿。

现在，只有当她们的孩子带着孙儿、孙女出国度假时，她们才能小小地松一口气。有人问道："你们干吗不跟着一起去玩玩呀？"她们脸色难堪地表示："孩子没有安排呀！"众人听了，全都不作声了。

舍不得

著名作家铁凝女士在纪实散文《车轮滚滚》里，说了一件发生于中国 20 世纪 70 年代的趣事。

她的同事买了一辆产自上海的凤凰二八型锰钢自行车，却舍不得骑，放着又怕受潮，最后居然干脆把它吊在墙上。

铁凝女士如此写道："其老父从乡下来城里看病，每日步行去医院，颇感劳累，请求儿子将墙上的自行车放下来给他骑，儿子说，'爹呀，您还是骑我吧'。这样，孝顺和实用就都让位于对这份财产的护佑了。"

读毕莞尔。

实用性的自行车原本是为人服务的，然而，由于得来不易而产生的不舍心态，使主人可怜地沦为物质的奴隶。

可悯可叹的是，这样的例子在现实生活里比比皆是。

阿惠买了一件精美绝伦的手工绣花旗袍，穿了一次，干洗之后，便当古董一样挂在衣橱里。隔了几年，等她想再穿时，却因身体发胖，无论如何也无法把满身赘肉

"挤"进那旗袍里了。她舍不得穿，可那旗袍却觉得自己备受冷落，因此郁郁寡欢地弃她而去了。

阿嬛在意大利买了一双上等优质牛皮高跟鞋，价格高昂，心里想：等有盛大宴会时再穿吧！终于等到了，可是由于高跟鞋长时间搁在柜子里，缺乏氧气，一穿上脚，鞋面立马四分五裂，每一道裂痕都像讥讽的嘲笑。她舍不得穿，那双皮鞋等了又等，却一直得不到亮相的机会，便负气"自戕"了。

阿月买了一枚价值不菲的钻戒，澄澈晶亮。她舍不得戴，一直锁在保险箱里。家人劝她："买了不戴，不是等同摆设品吗？"她说："世道不好，戴了不安全呀！"等她去世之后，她的媳妇天天春风得意地把这枚璀璨的钻戒戴在手上，对别人说："这是我婆婆留给我的，可她自己一次都不曾戴过呢！"

在物质的世界里，所有的不舍都会让财产变遗产。

在精神的世界里，舍不得往往是一种爱的表现，然而有时恰恰是这种不得其所的爱，使成年的孩子在对年迈的父母履行孝道时，不知不觉地带来了无可弥补的遗憾。

阿博是家中独子，负笈海外取得学位后，留居新加坡。他多次要求住在怡保老屋的双亲迁到狮城同住，他们硬是不肯。阿博考虑到扎根的榕树易地而居，可能水土不服，便不再勉强。可是，每次返回怡保省亲，回来后总忧心忡忡地对我说道："我要给他们请佣人，他们总推辞不要，可是他们年事已高，老屋面积不小，天天又要打扫又要炊煮，恐怕体力不支啊！"

阿博舍不得让年迈的父母继续操劳，于是，在他们75岁生日过后，在没有征得父母同意的情况下，给他们雇了一名女佣。然而，让阿博百思不得其解的是，一切有了佣人代劳后，父母却快速衰老，在短短的两三年内相继辞世。

事后，悲恸的阿博冷静地分析，断定是自己的舍不得让他挚爱的双亲提早离世。"过去，他们从早忙到晚，日子一天天飞逝，不知老之已至，死亡遥不可及。请了佣人后，被照顾得很周到，让他们失去了生活的盼头。太多消磨不掉的时间，被死亡的阴影紧紧缠绕着。"阿博懊悔莫及地说，"我舍不得让他们做家务，实际上是剥夺了他们劳动的机会；我舍不得让他们为三餐操心，实际上是夺走了他们为自己烹煮适口食物的机会！"

舍不得，竟然成了死亡的催化剂，这是阿博始料未及的。

常常需要用订书机——钉文稿、钉资料、钉教材、钉学生作业。薄者寥寥几页，厚者多达数十页。家里有一个订书机，时常"咬"住纸张，死缠不放，好像结了三世难舍的缘分。我猛力一扯，纸张的一角便"嘶"的一声被扯破了，行事一向力求完美的我，只好不厌其烦地重印、重订，心情十分沮丧。

一日，去文具店逛，霎时发现自己变成了刘姥姥，原来再简单不过的订书机居然有二三十种不同的类型，价格也有天渊之别——便宜者几毛钱，昂贵者二十几元，使用起来当然也有天壤之别了！

这些订书机来自东南西北各个不同的国度，有简陋不堪的，也有华丽典雅的。

有种轻巧稳妥又扎实的订书机是日本制造的，大的二十二元，小的十二元。

我试用时，只轻轻一按，厚达二十多页的文件便像涂了强力胶般牢牢钉紧了，根本不费吹灰之力！

我欢喜地知道，从此，在钉资料、钉文

稿时，可以和纠缠不清的麻烦诀别了。

这是"一分钱一分货"的又一明证。

然而，制造国度那种精益求精、力求完善的研究精神是值得我们借鉴的。

不怕不识货，就怕货比货呀！

记得多年以前，"日本货"是粗制滥造的代名词。一提起日本货，大家便嗤之以鼻。记得母亲每次买到那些质量超低、一用便坏的东西，便满脸不屑地说："一定是日本货啦！"

有两个实例，母亲百说不厌。

有一回，买了一把雨伞，次日出门，打开雨伞，大风一吹，伞面便成了玛丽莲·梦露的裙子，失去控制地往上翻飞，而原本支撑伞面的伞骨也狼狈为奸地脱离伞面，四分五裂。一把全新的雨伞就此惨惨地报销了。

另有一次，买了个小皮箱，第二天早上赶往火车站，过马路时，皮箱的轮子居然毫无义气地各奔前程，弃她而去！结果，她只好把皮箱当作一个巨型怪婴，尴尬而又狼狈地抱在怀里！一个崭新的皮箱，初次使用竟然便寿终正寝！

自此，一听到有人抱怨家里的东西坏了，母亲便摆出一副"不听老人言，吃亏在眼前"的表情，说道："我不是警告过你，不要买日本货吗？"对方辩驳着说："不是日本货啦！"母亲立马便说："嘿嘿，一定是日本冒用其他国家的名义制造的！"日本货在她心中彻底被判了"死刑"。

众所周知，这些年来日本产品已优质化、精致化了，买者往往用得放心、安心又顺心。这"三心"保证不但使日本货的名声得到了改善，也使世人对日本产品"趋之若鹜"。

最近几年，概念新颖的"两元店"纷纷涌现，已成世界"新宠"——走进百货齐全的商店里，不论买什么，售价一律两元。令我感动的是，纵使是区区两元的物品，日本制造商也不马虎从事，精致、细致谈不上，可是绝对坚实耐用。

实际上，每一件贴上国家标签的商品，都是"国家荣誉"的象征。货品要取得"三心"保证，是需要全民付出努力的，最重要的是首先必须培养人民对国家的自豪感。

经济的攻势足以利国利民，领土的侵占却只能带来永世的浩劫。这是日本人应该永远铭记于心的。

接到蒋先生的电话，他说下个星期又要出远门了，这一回，他的目标是南美洲的危地马拉。

"危地马拉！"我惊叹，"多远的旅程啊！"

他笑道："反正我有的是时间啊，我打算在那儿住上两个月，好好了解玛雅文化。"蒋先生过去经营一家贸易公司，曾在云南住过一段时间，对少数民族的生活特别感兴趣。

他曾把足迹留在墨西哥和秘鲁等玛雅文化光辉灿烂的地方，现在又要到危地马拉去看那峻峭奇伟而又巍峨辉煌的玛雅迷城蒂卡尔（Tikal）了。他兴致勃勃地说："危地马拉的居民以玛雅人居多呢！"我应道："是呀，占总人口的 65%！"又调侃着说，"你如果碰到投缘的玛雅女子，就考虑续弦吧！听说玛雅女子特别能干，烹饪、女红、园艺，样样都行呢！再说，娶在身边，你研究玛雅文化时，也格外方便，是活的素材呀！"他哈哈大笑，那笑声震天响。

说来难以置信，蒋先生今年已满 80 岁了。他年轻时，为了替孩子铺垫美好的未来而在职场上拼死拼活，根本没有旅行的闲情逸致。两个孩子负笈海外，毕业后长居国外，组织了家庭，便向他们夫妻俩招手，希望他们能去享受含饴弄孙之乐。

蒋先生婉拒了，他打算偕同妻子漫游四海。

然而，谁能预料老天几时要闪电、打雷呢？就在他劲头十足地策划着时，电光四闪、雷声乍起，爱妻被查出罹患癌症晚期。

丧事过后，年届 70 的蒋先生按照原定计划出国，只不过计划里的成双俪影变成了形单影只。

一走，便是长长的 3 个月，他去了越南、老挝、泰国、缅甸。

大家都认为蒋先生是刻意借着游天涯来忘记丧妻那深入骨髓的痛苦，可是他们只猜对了一半。

旅行，原本就是蒋先生黄金岁月里的蓝图。

他在丧偶之后，迈出了自助旅行的第一步。在这 10 年里，他在地球村飞来飞去，不亦乐乎。"一长一短、一重一轻"是他惯常的做法。比方说，颠簸艰辛的危地马拉之旅过后，他便计划到印尼的巴厘岛去，在沙滩上倾听海浪，让疲惫的身子有恢复元气的机会。

蒋先生说，旅行不是年轻人的专属活动，实际上，无牵无挂的暮年才是挥霍时光看世界的大好良机。遗憾的是，许多人在退休之后，便画地为牢，大限未到，自己却已活成了一尊化石。

对于想以自助方式看世界的银发一族，他的忠告是：暮年旅行需要"四轻"——轻便的鞋子、轻巧的箱子、轻松的心态、轻健的步伐。

鞋子，他挑选厚底软皮、防滑防湿的那种；旅行箱，他选购大小适中而坚实耐用的，随身携带上飞机，以避免行李遗失的麻烦。出发前，做足"功课"，探讨可能发生的各种问题和应对方式，然后轻松出发。

他语重心长地说："最重要的是，我们必须有自知之明，不能像年轻人一样，挑战体力的极限。年轻人常像拉弹弓般，把一天的时间拉成两天来用；我呢，恰恰相反，把酵母揉进时间里，该在两天完成的观光活动，松松地发酵成四天，慢慢逛、慢慢看。老人的体力就像金钱，省着用，可以用得更长久。"说完，又笑嘻嘻地补充道，"休息就是为了走更远的路啊！"

蒋先生既是智者，也是勇者。死神看到他，退避三舍。

他因此愈活愈年轻。

蜥蜴惊魂

初次与它邂逅，我魂飞魄散。半夜，到厨房取水喝，灯一亮，我便骇然惊叫，连五脏六腑都冒出了鸡皮疙瘩。

蜥蜴！一只巨大的蜥蜴，灰黑色，全身长满了鳞片，拖着一条劲道十足的尾巴，动不动地伏卧在厨房中央。

我的心变成了战鼓，"咚咚"之声几乎可闻。退回大厅，沉重的脚步声惊动了它，它快速爬向冰箱。难以置信地，它竟从冰箱底下狭小的缝隙钻了进去，转眼间消失无踪。肥硕的尾巴来回扫荡，发出了"喀啦喀啦"的古怪声响，一声又一声，每一声都似乎在我的心上砸出一个又一个坑。

啊，这蜥蜴究竟几时匿居我家的，我竟懵然无知！

急急致电，要求警方伸出援手，然而警方却嘱咐我联系 ACRES（动物关怀研究暨教育协会，以下简称动物关怀协会，这是一个民间志愿组织）。

热心而又积极的动物关怀协会次日便派来了两个年轻人，带了麻包袋和长钩子，准备捕捉蜥蜴。大家一心认定蜥蜴就躲在冰箱后面的空间里，于是合力把冰箱拉了出来，但让我瞠目结舌的是，冰箱后面竟然空无一物！正当大家面面相觑之际，蜥蜴尾巴横扫八方那令人毛骨悚然的"喀啦喀啦"声又重新响起了。那声音如此清晰，仿佛蜥蜴就近在眼前。据我猜想，它也许是紧紧附在冰箱下面的机件上了。可是名叫安吉的义工不同意，他指着墙角的一个小洞，说："蜥蜴肯定躲在这个洞里。"我把头摇得像拨浪鼓："那条蜥蜴长约两尺（1 尺约等于 0.3 米）啊，墙洞那么小，它怎么可能钻得进去！"安吉说："蜥蜴的身体非常柔软，伸缩性极强。我就曾亲眼看见一只巨型蜥蜴像泥鳅一样钻进狭小的水管里！"我坚持己见，最后大家勉强同意把冰箱倒过来检查。然而，要"摆平"冰箱这个庞然大物，谈何容易！邻居正在进行房屋重建工程，于是我请几名建筑工人前来帮忙。费了九牛二虎之力，把冰箱倒过来，结果一无所获！这时，"喀啦喀啦"的声响依然近乎挑衅地响着。

哎呀，那蜥蜴果然阴险狡诈地躲在墙洞里！

义工建议把冰箱移开，让后门敞开，把蜥蜴爱吃的食物由墙洞前面一直摆到靠近后门处。当它出来觅食时，一边走一边吃，吃着吃着，就会不知不觉地爬出后门而被"诱返"丛林了。

我依照指示，将新鲜鸡肉切成细块，又煮了全熟的鸡蛋，摆满一地。将后门敞开，把厨房让出，炊事全停，静观待变。然而，问题出现了，蜥蜴有夜间觅食的习惯，白天，我摆放的食物纹丝不动；晚上，我关门就寝，它才出来，饱食之后，又潜回洞里。次日一起身，便听到它的尾巴耀武扬威似的扫来扫去，"喀啦喀啦"之声不绝于耳。

天天如此，守株待兔的我简直急疯了呀！难道说，我必须凿开墙壁来捉它吗？

安吉献计，让后门24小时敞开。他说："蜥蜴喜欢大自然，迟早会听到丛林的呼唤而回家去的。"

24小时敞开后门，鸡肉、鸡蛋供应不绝。

两周过后的某一天，我欣喜若狂地发现，那像爪子一样抓在我心上的"喀啦喀啦"声全然沉寂了。

蜥蜴倦游归家了。

这时，我的头重如秤砣，刀削般疼；酸涩的眼睛呢，如同两口干涸的井，眼下的眼袋墨染般黑。

我终于深切地体会到，平淡如白开水的日子，每一天都是好日子呀！

猴子的世界

孙悟空是我年少时的梦中情人。我喜欢他不畏权贵的顶天立地，喜欢他大战群妖的英勇威武，喜欢他泰山崩于前而色不变的安之若素，喜欢他对症下药五花八门的变化，喜欢他腾云驾雾的无边潇洒，喜欢他观人于微的大智慧，喜欢他出语诙谐的大幽默，喜欢他对师父死心塌地的忠诚和对友伴不离不弃的真诚……

孙悟空，具备了当知己好友和理想夫婿的一切条件。

然而，当"孙悟空"翻个筋斗跳离了《西游记》，还原为现实生活里的猴子时，它就不是百分之百讨喜了。

举个例子。

马戏团里的猴子，毫无个性、全无骨气。

在马戏团里，猴子是惹人发噱的"丑角"。它们穿上颜色鲜艳的衣服，打扮得"花枝招展"，模仿人类，以双足走路。在哨声的指挥下，言听计从的猴子表演骑狗、骑马、骑小单车、荡秋千、走钢索等杂技，每一个动作都是事先设计好的。猴子就像傀偶般，身上系了一根无形的绳索，站、坐、走、跃、跑都得俯首听命。

大家被搔首弄姿的猴子逗得乐不可支，拼命鼓掌、拼命笑，都觉得猴子"很好摆布"。

然而，细想一下，究竟是谁把它变成这副"奴颜婢膝"的样子的？

是唯利是图的人类啊！他们将原本无拘无束快活无边地浪荡于丛林深处的猴子诱捕了，在钢筋水泥的森林里进行种种扭曲本性的训练，让它们沦为小丑，取悦大众。在马戏班主铜板入袋叮当作响的当儿，又有谁了解猴子心中的痛苦？猴子所承受的种种煎熬，又与何人说去？

再举个例子。

我家后面是座幽深的丛林，最近两三年，猴子肆虐，居民叫苦连天。它们肆无忌惮地潜入住家，见什么攫什么，东西常常不翼而飞。有一回，听到异响，冲去厨房一看，哎哟，五只猴子"大闹天宫"，在桌上乱翻乱掀。我势单力薄，不敢与之对抗，狼狈逃窜，任其为所欲为。它们得意扬扬地把面包、饼干、糖果、水果掠夺一空。之后，一家五口耀武扬威似的坐在屋外的矮墙上吃得津津有味。事后，与街坊邻居攀谈，才发现胆大包天的猴子已泛滥成灾了。大家都不约而同地把食物锁紧在柜子里，希望能够杜绝猴子的骚扰。猴子断了门路，只好另谋出路。它们拦劫行人，从菜市回家的人全都遭殃了。穷凶极恶的猴子不管张三李四，一见食物便飞扑过去。人人惊喊、逃遁，菜篮掉落在地，食物散落四处，猴子遂得其愿，坐在地上，捧着瓜果蔬菜，欢天喜地地大快朵颐。

在怨声四起的当儿，姑且想想，是谁让猴子变得张牙舞爪的？

正是对它们"步步紧逼"的人类呀！

人们为了开辟空地建筑房屋，把挖土机开进了丛林，永无止境地开发了又开发，把原本安安静静地栖息于丛林的猴子赶了出来。食物匮乏的猴子走投无路，只能铤而走险，先是鬼鬼祟祟地偷，继而猖狂地抢。人类居然"恶人先告状"，个个摩拳擦掌，诅天咒地，恨不能练就紧箍咒，让那些猴子痛得满地打滚！倘若猴子也会说话、写字，恐怕老早就已鸣鼓喊冤，上告法院了！

衷心希望作为生灵之一的猴子，在未来漫长的日子里，能够得到更多的尊重和生存的空间。

没有尊重、没有生存空间，是一切动乱的起源。

动物如是，人的世界更是如此。

捕鼠行动

新加坡武吉巴督区于 2014 年发生了引人瞩目的鼠患。

在地铁站后面的山坡上，老鼠的数目惊人、体型硕大、邋遢、馋嘴，快活无边地蹿上蹿下，肆无忌惮地嚼食好心人送去喂饲野狗的饭菜。雄的、雌的全都吃得大腹便便，饱食思淫欲，开枝散叶，繁殖出满丘横行无忌的大小老鼠。

住在花园城市的幸福子民，哪容得下猥琐鼠辈如此猖獗嚣张？

灭虫公司派人深入鼠丘，诛杀九族。大举歼灭之后，还设置红外线监控摄像机，继续探测鼠踪，务求杜绝后患，为该区居民重新营造清洁卫生的美好居住环境。

从新加坡的捕鼠行动，我突然想起了远在 20 世纪 40 年代，中国北方地区也曾有过多次极大规模的捕鼠行动。

大张旗鼓地捕捉老鼠的是日军，其中一名曾经负责视察捕鼠工作的是榊原秀夫。榊原秀夫毕业于日本冈山医科大学，担任军医，曾在设于哈尔滨高度机密的第七三一部队接受细菌战的特殊训练。

1945 年 4 月,为了挽救太平洋战争的不利战况,日本打算使用鼠疫菌进行细菌大战,第七三一部队得准备染上鼠疫的跳蚤以充作细菌战争的武器,因而需要大量的老鼠,日军遂下令各支部倾尽全力捕捉老鼠。

为免打草惊蛇,日军特地印制了许多有关鼠害的小册子分发给民众,诓骗他们说,大事捕鼠是为了防止鼠疫、铲除鼠害。

他们编制了捕鼠班,不分日夜,用尽法宝,四出捕鼠。不知情的老百姓万万没有料到,在这项看似充满关怀之情的捕鼠行动里,居然暗藏着灭绝人性的阴谋,那样歹毒、恶毒、阴毒、刻毒,惨无人道!

捕鼠队用尽法宝,在短短的两三个月里,居然捕到了 26000 多只老鼠!另外还在部队里饲养繁殖了 1000 只白鼠。这些老鼠足以供应第七三一部队培养一吨到两吨的鼠疫跳蚤,以送到细菌战场去。

另外一名细菌"专家"尾上正男,毕业于东京医科大学。战争期间,他在牡丹江担任支队队长。据他指出:早在 1943 年,上司便命令他们布下天罗地网以捕捉田鼠、白鼠以及其他鼠类,然后进行繁殖,以制造细菌。

他忆述繁殖鼠疫跳蚤的过程时透露:他们领取了数

百个桶，把切得很细的干草置于桶内，接着在每个桶里放进一只或两只老鼠，再把跳蚤放到老鼠身上。每天进行检查，死的老鼠要以活鼠代替，经过大约一个月，便能培养出无数染上鼠疫的跳蚤了。然后，在第七三一部队里，他们用战俘进行残忍至极的活体实验。实验成功后，就利用这些带菌跳蚤在战区散播致命的鼠疫。

医者父母心，受过良好训练的医生原该悬壶济世，但丧尽天良的侵略者却利用他们来培养细菌，毒害无辜！

当我细读《侵华日军第七三一部队罪证资料》一书时，读及上述战犯在军事法庭的供词，不禁恨得咬牙切齿！

同样是捕鼠行动，目的却有天壤之别。

当人民是自己国家的主人时，捕捉老鼠是为了净化环境，提升生活质量；然而，当国土沦陷时，敌人捕鼠却是为了荼毒生灵、滥杀百姓。

只有当我们能够主宰自己的命运时，才能根据自己的意愿来决定捕鼠行动的最终目的啊！

保家卫国，人人有责。目前的国泰民安，不是国富民强永远的保证。居安思危，未雨绸缪，才是上上之策啊！

[第三辑]

百宝锅

烹饪，绝对不是枯燥无味的杂务琐事，它既是实用的技能，也是快乐的源泉。家里如果有一只精通七十二变的"百宝锅"，袅袅炊烟能让人生变得更圆满、更美好。

此刻在我眼里，女儿就像一条悠游于大海里的鱼，自在、熟练、胸有成竹。

她轻车熟路地领着我来到伦敦的鲜鱼店，身子胖胖的中年老板亲切地与她寒暄："好一阵子没来了，忙些什么呀？"女儿答道："到菲律宾公干呀！"老板调侃："今天一定是闻到鱼的鲜香才赶来的，是吗？"女儿笑道："是呀，别人有千里眼，我有千里鼻呢！"老板又问："你是不是要做刺身和寿司呢？"女儿说："对！麻烦你给我1公斤三文鱼、1公斤金枪鱼、20颗特大的鲜带子。"

手拎那充满海洋气息的海鲜，我们赶往农贸市场买瓜果蔬菜，又去超市买了上好的牛柳和葡萄酒，然后回家。

动作麻利地处理食材时，她大声宣布当晚六人共餐的菜单："开胃品是带子色拉，主食有三道——三文鱼刺身、彩虹寿司、日式牛柳，甜品是奶酪蛋糕、草莓雪糕。"

我们"哇哇"连声惊叫，每一声都裹着甜蜜的笑意与满满的期待。

她不让我们帮忙，独自撑起"一片天"。

我站在一旁饶有兴趣地看。在女儿的童年与少年时期，我在厨艺上对她进行了刻意的熏陶与训练，今日在他乡异国的伦敦，终于结出美丽的果实了。

我常常告诉她，炊事是家里的一件大事；我们要吃得好，但我们也不要把过多的时间挥霍在柴米油盐上。和做其他任何事情一样，炊事如能周全地运筹帷幄，当能事半功倍。现在，看她"一心多用"那种行事方式，已经完全得到了我的真传。

她将三文鱼、金枪鱼、牛油果、黄瓜、芦笋、红萝卜等分别切成块、切成片、切成丝。准备好了，便将煮好的米饭均匀地压在紫菜上，加入鲜鱼和其他配料，用竹片卷成寿司。每卷寿司均匀地切成八片，在盘子里摆成放射状，宛若一圈璀璨亮丽的彩虹。

接着，把牛柳用酱料腌了，搁置一旁；快刀把蒜头切成薄片，以慢火在油里煎成金黄色。然后，细心地根据各人的要求，把牛柳分别煎成五分熟、八分熟和全熟。煎好了，便把蒜片撒在上面。

她那种比专业厨师更甚的用心与严谨，着实令我击节叹赏！

将新鲜带子煎得恰到好处，是一大挑战，可居然也难不倒她。只见她用纸把带子弄干，在热锅里放了牛油，信心满满地说："每一面煎一分钟左右就刚刚好。"柔嫩诱人的带子和淋上特殊酱料的新鲜菜蔬搭配得天衣无缝。

用餐完毕，看着大家脸上的惬意和满足，她突然转头对我说道："妈妈，谢谢您。"

我微笑着搂了搂她。

知女莫若母，我清楚地知道，她向我道谢，是因为我在她懵懂无知的成长期，教会她领略烹饪的美妙，也教会她掌握烹饪的技巧。

烹饪，绝对不是枯燥无味的杂务琐事，它既是实用的技能，也是快乐的源泉。

当年，在她满月后，我便把婴儿摇篮带进厨房，刻意培养她敏锐的嗅觉。到了3岁，我就让她站在高高的凳子上，教她煎鸡蛋、烙马铃薯饼。训练的难度随着年龄的增长而逐渐提升。由于我常常寓教于乐，所以女儿一直非常享受烹饪。到她18岁负笈英国时，已能做一手好菜了。

如今，她独自生活于伦敦，不管工作多忙，也绝不亏待自己的胃。她能在短短的半个小时内，煮出让自己惊艳的食物，她因此常常戏称家里的锅是只精通七十二变的"百宝锅"。

劳逸结合，她的人生因此变得更圆满、更美好。

腐乳邂逅羊肉

母亲喜欢的食品往往会成为孩子终生的影子。

腐乳成为我一生的眷念，就源于童年时母亲对我的影响。

母亲爱吃腐乳，常吃腐乳。她小心翼翼地用汤匙从玻璃瓶里挖取腐乳的手势，轻巧而又温柔，仿佛是在掏出不小心掉落于瓶子内的云絮。

其实，吃腐乳也无异于品尝云絮了，有着难以言传的快乐。

在发酵的过程中，原本平平无奇的豆腐不动声色地起了惊天动地的大变化。然而，就和人一样，腐乳的品质也是"良莠不齐"的。品质差者，一味死咸，像一则蹩脚的微型小说，只读一两句，便知道结局了；品质上乘者则好似投射在舌面上的光，明暗递变，能够铺陈出深浅不一的层次，像精彩绝伦的短篇小说，让人回味无穷。

我吃腐乳，喜欢"锦上添花"——加糖、麻油、辣椒粉，味道因而变得又咸又甜、又甘又润、又香又辣，宛若夜空里的火树银花，每一口都使人意荡神驰、心魂俱醉。

我用腐乳配粥、饭，也用腐乳调制酱料配搭百物。

饮食力求清淡的好友阿策，看到我吃腐乳时如痴如醉的样子，忍不住说道："哎呀，你既爱臭豆腐，又爱腐乳，怎么专吃这些又腐又臭的东西呢？"

我微笑着答道："嘿，物极必反呀，当腐臭达于巅峰，就变成人间极品了！"

是真的。腐乳就像彩色的光芒，能使胃囊霎时变得艳光四射；也像饮食界的华佗，有本事让原本奄奄一息的胃囊立马精神奕奕。

尽管腐乳让我神魂颠倒，日胜却对它"敬而远之"。身为琼州人的他，在整个成长过程中，从来不曾让腐乳沾唇。婚后，第一次看到我在一方腐乳上撒满各种调味品并吃得津津有味时，他简直看傻了眼，宛如在看外星人吃东西。然而不久后，习惯成自然，也就见怪不怪了。

有时在国外旅行，"腐乳瘾"发作时，他还会不辞辛劳地带我到当地中国城的超级市场去找、去买。现在，出国之前，他索性提醒我："腐乳带了吗？"

口味往往会随着年龄而变化，唯独对于腐乳，我始终保持着初心与钟情。这份爱，至死不渝。

和对腐乳的专一与迷恋恰恰相反的是，我恨羊肉，恨它全身上下、里里外外。最糟的是，我的嗅觉对羊肉的腥膻特别敏感，远远地，就知道"宿敌"在前方了。

偏偏日胜喜欢羊肉，婆婆是烹煮羊肉的能手，羊肉汤、焖羊肉、煎羊扒、烤羊排，全都让她的 7 个孩子魂牵梦萦。这种味蕾的烙印，成了他们味觉"终生的胎记"。

知道我怕羊肉，日胜从来不曾把羊肉"驱赶"进我的嘴里；而我呢，虽然一闻到羊肉那浓浊的气息就连胃壁都冒出鸡皮疙瘩，但我从来不曾出言禁止他吃。到餐馆用餐时，他都很自觉地不点食羊肉。偶尔到熟食中心，闻到羊肉汤冒出浓烈的气味而想"重温旧梦"时，他也会自动自发地坐在离我很远的地方吃。

婚姻的真谛不在于同化对方，尊重和支持才是最重要的。

缔结婚姻关系的两个人，谁也不是谁的另一半，男的、女的都是完完整整的一个人。

所以嘛，当腐乳邂逅羊肉时，我们不必用腐乳去腌制羊肉，更不必在羊肉咖喱里掺入腐乳，腐乳和羊肉是可以在"各司其职"的方式下，保持自己独特的味道的。

这种无可取代的味道，也就是各自的魅力了。

丹霞山风景名胜区位于广东省韶关市，于 2010 年成为世界文化遗产。

这是一个百玩不厌的地方。遍布奇特壮美的岩石、四季变化无穷的景致、历代文人雅客留下的墨宝，实在令人流连忘返。

隔了 3 年再访丹霞山，时间较充裕，在一个清凉的夜晚，我去当地的土产店逛。

在丹霞山生活多年而对这儿的一草一木了如指掌的侯荣丰先生，一提及丹霞山的物产，便双眼绽放异彩，如数家珍地说："丹霞山和周边地区的土产特别多，比如冬菇、茶叶、笋干被称为'韶关三宝'，红豆、兰花和还魂草被誉为'丹霞三宝'。其他的东西，木耳、沙田柚、砂糖橘、炮弹芋头、铁皮石斛、金银花、银杏、山茶油、五指毛桃、竹稻米等也非常有名，真是几天几夜也说之不尽呀！"

然而，与此同时，侯荣丰先生也坦白地表示，由于丹霞山山势陡峭、土地瘠薄，再加上山林已被列为国家级自然保护区，物产虽然极为丰富，但产量有限。

唉，物以稀为贵啊！

一向嗜食冬菇的我，一到土产店，便径直奔向那一袋袋鼓鼓囊囊的冬菇。店员一解开袋子的绳索，飞扑过来的那股浓郁的香气使我猛然吃了一惊，足足有好一会儿说不出话来。

那是一种凝集了日月精华与山峦灵气的产物，那种香气有着纤尘不染的纯净。

侯荣丰先生微笑着解释："在丹霞山，山民有一种培植冬菇的独特方式。在冬天的农闲时节，他们会到幽深的树林中，将其中一些适合种植冬菇的林木砍下，放倒于地，然后以特制的打孔机在树干表皮上打出若干个小洞，再将人工培育的菌种置入小孔中，用原树皮盖严实，任其慢慢孕育成长。"

这种"以树养菇"的方式是独树一帜的，既是山民的传统，也显示了山民的智慧。侯荣丰先生继续说道，菌种在纯净的环境里静静地酝酿、茁壮成长，次年冬天，肥嫩的冬菇便会从放了菌种的枯树中纷纷探出头来，如雨后春笋般，生机勃勃地铺满树干的表皮。丹霞山冬天酷寒，那些在大雪中长出来的冬菇，表面会裂出美丽的花纹，乍一看就像丹霞山弯弯曲曲的山路，香气凝集如山岚。这种花菇便是菇中极品了。不过，侯荣丰先生也坦诚地指出，自 21 世纪以来，由于培植方法烦琐，加上树木逐渐减少，在市场上，原木菇已慢慢地被人工培植的木屑菇所取代了。他接着透露：木屑菇如今已经占了蘑菇市场总额的 70%，因此，丹霞山的深山宝物——椴木花菇，更是抢手了。

那晚，我和好友白舒荣在丹霞山冬菇浓烈香气的萦绕下，全然抵不住诱惑，买了一斤又一斤，给自己，也给亲朋好友。返回旅馆时，又提又捧又抱，趑趄前行！

回家后，用花菇熬鸡汤、焖鸭子、煮海参、煨斋菜、炒米粉，花菇在味蕾上激发出深邃丰富的好滋味，每一个都富含阳光雨雪之精华，馥郁凝香，鲜不可言。美美地品尝着时，我深切地觉得这些冬菇不是从大地里长出来的，而是天地灵气孕育出来的。

白舒荣返回北京后，在电子邮件中一再懊恼地表示，没买够啊，这冬菇实在香可蚀骨啊！她后来又通过邮购的方式，在丹霞山同一家店里添购了好几斤，弥补了心中的遗憾。

我想，在充满了美丽神话与传说的丹霞山，这一个个"风姿绰约"的冬菇，或许是山上的小精灵变幻出来的，它们别具深意地以隽永的香气为翅膀，把丹霞山的魅力远远地带到千家万户去！

寿司饭团

去纽约闻名遐迩的安田寿司餐馆（Sushi Yasuda）品尝极品寿司。

听说这家餐馆的寿司师傅非常健谈，喜欢在捏制饭团的同时，与食客滔滔不绝地谈天说地。坐在寿司吧台前的食客，不但能在第一时间接到他手温犹存的寿司，还能在尽情享用的当儿，不断反刍他话里的智慧，有着双重的幸福。

在纽约旅行时，经过好几次尝试，才如愿以偿地订到了寿司吧台前的位子。

安田寿司餐馆选用的全是当季最新鲜的食材，鱼类、海胆、带子、虾全都夹带着澎湃的海风、熏染着浪涛的腥香。吃极品寿司，其实就是聆听海洋与陆地之间精彩的对话，新鲜的海产和上好的米饭在唇齿间来回弹跳，让挑剔的味蕾和空空的肠胃都发出了熠熠亮光。

那家餐馆丰腴肥美、无比新鲜的食材固然让我念念难忘，叫我惊艳的却是那小巧玲珑、内蕴幽香的饭团。

一粒粒米饭晶莹剔透而又颗粒分明，疏

密有致、浑然天成地结合成一个个外紧内松的完整个体。送入嘴里后，只用舌尖轻轻一顶，饭团便在舌面上化成了滴溜溜地滚动着的小珍珠，瞬间消失无踪，留在口腔里的是一个玄幻瑰丽的梦。

拥有多年经验的寿司师傅轻车熟路地捏制饭团，胸有成竹地进行调味。在以手捏饭团的当儿，他微笑着表示：煮饭、捏饭团看似不费吹灰之力，然而，当年他初入这一行时，足足长达 3 年的时间只能和米饭打交道。米饭的质地、温度、密度、软硬、口感、水分、香气全都有严格的讲究。

米饭在严格的要求下煮熟后，必须盛放于大大的木盆内，按照比例加入蕴含天然甜香的顶级日本醋，再用木铲温柔地把米饭往同一个方向翻动搅拌，让它与醋均匀混合。在这个过程中，最忌将米饭弄碎或压扁，因此，手势的运用至关重要。拌好醋的米饭不能立刻使用，必须让它降至规定的温度才能动手捏制。

每个寿司饭团的大小、形状、重量都有要求。寿司师傅表示，一个"负责任"的饭团，看起来就像个白玉雕成的小巧艺术品，柔滑光灿，不散于手，仅融于口。

饭团成型后，还必须用芥末和酱油搭配的食材调味。山葵现场生磨，分量必须拿捏得非常准确，多一分嫌嚣张，少一分嫌木讷。上好酱油呢，用多了，味道外露，用少了，味道又太过内敛，都不行。"恰到好处"是一门终生学之不尽的学问。将调好味道的新鲜食材轻巧地覆在饭团上，食材与饭团就好像跳探戈舞一样，同进共退地谱出十全十美的好滋味。

一个寿司，就是一个让"铁杵磨成针"的厨师展现完美厨艺的迷你舞台。

这位寿司师傅在经历了"台下十年功"的大努力后，捏制出来的饭团凝聚了天地间的精华，让人在咀嚼时，感觉每一颗饭粒都散发出令人神魂颠倒的滋味儿。

表面上，他手势灵巧地做着的是饭团，他深情款款地说着的也是饭团，可是在我眼里、在我耳中，颗颗发亮的米饭却变成了一个个隽永的方块字。

文字，需要的不也正是这样千锤百炼的功夫吗？珠玉纷呈的文字，也是会散发出迷人香气的呀！

意大利面条

在桌子之间穿梭且谈笑风生的加布里（Gabriel），为新加坡这家意大利餐馆弗拉蒂尼（Fratini）营造出一种温馨的家庭氛围。

厨艺精湛的加布里曾在世界上许多国家当过主厨，最后选择返回他妻子的故乡狮城，以意大利菜肴来宠本地饕餮的味蕾。

他不设固定菜单，每天上菜市，利用当季新鲜食材设计出中午和晚上的菜式，力求使每道菜都成为味蕾上的惊叹号。每周菜式绝不重复。然而，好些人一听到没有菜单，担心会成为砧板上的肥羊，便头也不回地走出餐馆。除此以外，让加布里苦恼的是，许多人对意大利餐的认识仅止于比萨和西红柿肉酱面。"有一回，有人走进餐馆，要点食比萨，我说：'我们不卖比萨。'她惊讶地喊道：'哎呀，你开的是意大利餐馆啊，怎么可能不卖比萨？'"加布里说，"餐馆经营者是有责任教导食客的，我通常会耐心地向他们介绍种种精彩的意大利餐。"

说着，他反问我："你知道意大利面条有多少种吗？"我想了想，答道："20来种吧。"他哈哈大笑道："你也太小看我们了吧？让我告诉你吧，总共有 500 多种！形状不同，味道各异！"

他如数家珍地说出了一长串意大利面条的名称，包括细面、长面、尖面、圆面、中细面、粒粒面、千层面、字母面、袖筒面、天使面、层层面、猫耳朵面、螺旋面、通心粉、粗通心面、大扇贝面、蝴蝶结面、蛋面、手指面、宽边蛋面等，不胜枚举，着实让我这个"刘姥姥"听得晕头转向，上了宝贵的一课。

加布里自豪地说："搭配意大利面条的酱料有 1000 多种呢！每天煮一道，3 年都不会重复！"

在意大利，有专职的面条设计师，每个设计师最大的梦想便是设计出让食客青睐的面条，而不同的面条又必须配搭不同的食材和酱汁，十分考究。倘若搭配错了，全盘皆输。

加布里指出：正宗的意大利面条必须以铜造的模子压制，才能显现出华丽厚重的气势；以铜模压制出来的面条表面凹凸不平，调味酱料能够沿着深深浅浅的痕迹渗入面条的内层，营造出丰富的层次，让人吃得如痴如醉。

加布里说，意大利人一般采用优质杜兰小麦（Durum Wheat）所磨成的面粉制作面条，绝不添加色素及防腐剂。杜兰小麦具有高密度、高筋度、高蛋白质等特点，做成的面条不但耐煮，而且有很好的嚼劲。他进一步表示：在制作面条的三大原料（水、面粉和鸡蛋）当中，水这一元素最重要，清澈的泉水中所蕴含的丰富矿物质能激发出面粉最深层那绝妙的味道。

加布里强调，就算是干面条，也有一定的讲究。用机器烘干的面条，滋味平平；自然干的面条却像抛物线，充满了惊喜。把优质面条放在室温严加控制的房间里好几天，让它自然干，如此才能保存面条内层的湿润度；如果放在阳光下曝晒，贪婪暴虐的阳光会硬生生地吃掉面条里蕴含的水分。

面条无疑是意大利人的骄傲，许多人都拥有制作面条的独家秘方，绝不与他人分享，有的人甚至把秘方郑重其事地写进遗嘱里，只传给直系后代。

据传面条源自中国，是由马可·波罗千里迢迢地带回去的，意大利人在面条里注入了创意和努力，使这"远方来客"在当地扎下了根，呈现出枝繁叶茂的绚烂面貌。

啊，原来"橘逾淮为枳"不是放诸四海而皆准的呀！只要有爱和智慧，漂洋过海的橘子是有可能变成蜜柑的。

香蕉的故事

　　著名作家蔡珠儿在散文《香蕉之死》中说了一则触动人心的故事。

　　这个真实的故事是希腊朋友瓦西勒斯告诉她的：以前在希腊，香蕉是异国的昂贵水果，只有克里特岛产一点，大部分从非洲老远运来，等辗转运抵他所住的小城，香蕉皮早已乌黑瘀伤，价格却居高不下。有一天，他父亲发薪水，买了一串香蕉回来，很快就被分光，最后剩下一根，他和妹妹追着抢，不惜大打出手，他扯着妹妹的头发喊"小偷"，妹妹也狠狠踢他，大叫"强盗"。父亲闻声赶来，勃然大怒，赏了"小偷"和"强盗"各一巴掌，把那根香蕉狠狠踩烂。

　　读到这儿，我不禁被蔡珠儿生动活泼的文字逗笑了，但笑意还在唇边荡漾，泪光已悄然闪出——我想起了好友阿舒。

　　阿舒在家排行第三，上有两个姐姐，下有两个弟弟，一家七口，苦苦地在贫穷的泥沼里挣扎。父亲是建筑工人，母亲是家庭主妇。租了一个房间，却常常交不起房租。房东的目光像秤砣，把阿舒一家人的心压得沉甸甸的。

6 岁的阿舒常常挨饿，瘦得像根柳条。妈妈告诉她，如果太饿了，便去喝水，胃囊灌饱了水，便不会疼痛了。那天，当饥饿的感觉再度化成刀子一寸一寸地凌迟着她的胃囊时，她溜进了厨房。厨房里氤氲着一股香甜的气息，她仰头往上望，在壁橱的把手上，高高地挂着一串黄黄的香蕉，非常诱人。她贪婪地看着，嘴里不由自主地产生了唾液。就在这时，房东迈了进来，冷冷地瞅了她一眼，当着她的面摘下一根香蕉，剥开香蕉皮，一口一口地吃了起来。少不更事的阿舒，呆呆地站着，傻傻地看着，饿坏了的她奢望一个善意的施舍。房东慢条斯理地吃完后，将香蕉皮朝她抛去，香蕉皮带着一丝残存的香气落在她赤裸的脚背上，柔软而又冰凉。房东俯首看她，荡在眸子里的笑意轻蔑而又刻薄。"你去，叫你妈交房租。房租交了，我便赏你一根香蕉。"说着，又刻意摘下一根香蕉，从窗口丢了出去，恶狠狠地说，"告诉你妈，如果再过几天依然不交房租，你们一家便像这根香蕉一样，滚出屋子，去街头睡。"

阿舒早熟，这件让她备受侮辱的事，成了她后来拼死奋斗的动力。

后来当上会计师的她，忆述这桩让她受伤的往事时，颤音伴随着泪水："房东把房间连同自己的舒适和隐私一起租出去，图的不就是房租吗？我们常常拖欠房租，肯定也影响了他们的生计。错在我们，她给我们白眼和冷脸是我们咎由自取，不怪她。但是，她在厨房里恣意而冷酷地践踏一个无辜小孩的自尊，却是一种精神上的虐待。"

如今，阿舒在自家后园里栽种了好几株香蕉树。她努力浇水、除虫、施肥，树则卖力结出香蕉。她大串小串地提着，送给张三李四、甲乙丙丁。香蕉柔润香甜，大家交口称赞，她笑嘻嘻地说道："分享就是福啊！"

阿舒认为穷困唯一的克星便是教育，所以常常捐款给学校，资助贫家子弟读大学。

当年，那一根飞出窗外的香蕉并没有在磕磕碰碰的艰苦岁月里转化为一支伤人的暗箭或一把捅人的匕首；反之，经过时间的沉淀与生活的历练，它化成了一颗温柔的爱心。

愚者与智者的分野就在于此。

纵使天和地翻转过来，我还是坚持"从一而终"。

我指的是月饼的口味。

童年时期在怡保生活，贫穷紧紧相随。尽管家徒四壁，但是每逢中秋节，爸爸一定会想方设法捎一盒月饼回来。

怡保有许多老店，当"嫦娥应悔偷灵药，碧海青天夜夜心"的传说开始在大街小巷流传时，急于献艺的烘焙师就当仁不让地大显身手了，他们纷纷以独家秘方烘焙出让人惊艳的月饼。他们的功夫和心思全在原料的精挑细选和烘焙技巧的精益求精上，至于包装和盒子，是全然不讲究的。我记得最受欢迎的一家就坐落于陈旧的菜市内，那些新鲜出炉的月饼，一个个亮晃晃地闪着油光、散着香味，像尖尖的钩子，把人胃囊里的馋虫全都勾了出来。

盛放月饼的纸盒非常简朴，盒子上画着的嫦娥痴肥痴肥的，想飞而又飞不起来的样子，想必是偷偷下凡来狂吃月饼而无可奈何地变得臃肿肥大了。

在那捉襟见肘的贫瘠岁月里，要让这个胖胖的嫦娥衔着月饼飞进家门来，是多大的憧憬和奢望啊！

在家里，母亲老早已把柚子、花生和菱角准备好了，就等爸爸那一盒让馋嘴小孩像长颈鹿一样从清晨盼到傍晚的月饼。这样的心情，是那些丰衣足食的孩子无论如何也想象不出来的。

父亲终于回来了，我们姐弟仨的目光全都贪婪而又迫切地盯着那近在咫尺的月饼。饱满圆润的月饼光泽照人，不知怎的，我仿佛觉得它有心跳，那"咚咚咚"的声音就清晰地响在耳畔。

在父亲的刀子下，月饼被均匀地切开了。柔软的白莲蓉是淡褐的云絮，圆圆的蛋黄是橘红的夕阳。每人分得一块，我们不舍得"囫囵吞枣"，一小口一小口慢慢地吃，细细地感受它的甘香甜润。这个时候，心里特别静，一切烦恼都飞到九霄云外了。

父亲和母亲都是说故事的能手。关于中秋，父亲屡屡畅述的是元代末年朱元璋和起义军利用月饼秘密传递信息的历史传说；母亲呢，百说不厌的是后羿射日和嫦娥奔月的民间传说。我们听得津津有味，觉得关于月饼的故事既惊心动魄又浪漫旖旎，月饼的滋味因而变得更为繁复迷人了。

双黄莲蓉月饼是我最初与最终的最爱，里面盛满了我成长岁月里的美好记忆，与爸爸妈妈共度的每一个中秋节都有很好吃的双黄莲蓉月饼，也有永远保鲜的贴心亲情。

父母辞世后，每逢中秋，我都会拎一盒双黄莲蓉月饼回家，和我亲爱的孩子们说朱元璋、说后羿、说嫦娥、说玉兔，也说吴刚和桂树……

社会渐趋富裕，在"创新"这个幌子下，新加坡有些经营者在月饼里加入了许多与它的属性不符的东西，诸如鲍鱼、鱼翅、燕窝、火腿、榴梿，甚至还有人"锦上添花"地贴上金箔！

在嫦娥神话与传说的发源地中国呢，更是在"推陈出新"这面大旗帜下，什么韭菜鸡蛋、蒜泥鱼茸、泡面、酸菜、巧克力辣酱牛肉、榨菜鲜肉、梅菜扣肉等等，全都匪夷所思地成了月饼的馅料。

我悲伤而又遗憾地发现，古朴纯洁的月饼已惨惨地被蹂躏得面目全非了。

我想，嫦娥是绝对不会再飞来凡间偷吃月饼了。也许，她会对玉兔说："你就别再捣药啦，让咱们一起来研制在凡间已渐成绝响的双黄莲蓉月饼吧！"

自此之后，广寒宫夜夜飘香……

日本清酒

在伦敦度假期间，我报名参加了趣味盎然的"日本清酒品尝与学习会"。

杏奈子是来自日本的清酒品尝师，她利用电子简报，有条不紊地介绍了日本清酒的历史、酿酒原料、酿造过程、品尝方式等。我这才惭愧地发现，平常爱喝日本清酒的我，在这个领域里无异于井底之蛙。

日本的酿酒技术源于中国。日本起初酿造的酒混浊难喝，后来有人在酒中加入石炭，使之沉淀，取其上层清洌晶亮部分啜饮，"清酒"之名于是流传至今。

日本人虽然把清酒当成"国粹"之一，但清酒的清誉在第二次世界大战期间严重受损，因为许多酿酒商为了牟取暴利而在清酒中兑入大量食用酒精，把酒稀释，使清酒原有的醇厚风味荡然无存。许多讲究品味的日本人怒斥此为"乱世之酒"，抗拒不喝，清酒的销售量也逐渐下降。战争结束后，酿酒业者重整旗鼓，利用现代化的科技、完善的设备，再辅以严谨的态度、敬业的精神，不断提升清酒的质量，并"开枝散叶"地酿造出多种不同味道的清酒，大大地抚慰了日本人一度受伤的味蕾。

有趣的是，随着西风东渐，饮用啤酒和烈酒成了日本的新时尚，清酒在日本的销售量大不如前。然而，与此同时，刺身与寿司等日本料理大举"入侵"欧亚各国，饮用清酒的习俗也随之传扬各处。

酒，成了日本与世界各国双向交流的桥梁。

酿造清酒的主要原料包括大米、水、酵母和曲。杏奈子指出：这些原料看似普通，但是样样都有讲究。

比如，酿造清酒的大米是特别种植的，有别于普通的稻米。这种米需要极为充沛的阳光，生长条件苛刻，仅占日本米总产量的1%，售价特别高。有趣的是，这种颗粒较大的米中心部分不宜食用，只能用来酿酒。

酿酒的水呢，一般使用地下水，其中又以水质甘甜而不含钙离子和镁离子的软水为宜。以软水酿成的清酒，既有旭阳般清亮爽口的特质，也有月光般绵软温润的特色。

酵母是由专人培养的。杏奈子笑称，培养酵母就好像照顾初生婴孩一样，需要极大的耐心和爱心，并佐以信心和细心，培养出来的酵母才具有活泼的生命力和鲜明独特的个性。酵母质地的优劣，能够直接影响酒质的好坏、酒味的清浊、香气的浓淡。杏奈子做了一个异常有趣的比喻："好的酵母就像咆哮山林的老虎，酿出来的酒自有一种不凡的气势，能震慑人的味蕾；坏的酵母呢，像猥琐邋遢的老鼠，徒然搅浑一缸水，酿出来的酒酸酸涩涩的，难以入口。"

杏奈子说，日本清酒有 10 种不同的温度，由 5 摄氏度至 95 摄氏度，皆可。有的宜冷，有的宜热，有的冷热两相宜。不同的温度，能把蕴藏在清酒里的香气恰如其分地释放出来。

杏奈子准备了 4 种味道截然不同的清酒，美其名为"春夏秋冬"，她要我们安静地用心细细品尝。

我聚精会神地啜饮，当清酒入口时，在那层层叠叠的香气里，在那余味袅袅的滋味中，在那软如云絮的口感内，我尝到了春的妩媚娇艳、夏的奔放洒脱、秋的浪漫不羁、冬的静谧安恬……

花了 65 英镑（1 英镑约等于 8.7 元人民币），上了极好的一课。

学习的感觉就像啜饮优质清酒，在喝着时享受无比，喝完后回甘无穷。

手足情深

那棵树像失控了一般疯长，树梢几乎没入云霄。这位名字唤作"白马占堆"的西藏汉子，选了一条粗大的藤条，再用这藤条把自己和树干紧紧地捆在一起。

白马占堆要爬树，而这棵树足足高达40米。

爬树是因为他发现树梢上有个巨大的蜂巢，里面藏着让西藏人垂涎三尺的野蜂蜜。在这与世隔绝的丛林里，甜食是非常稀罕的。

白马占堆住在林芝，林芝是"大自然的宝库"，地上长着丰富的高山植物。白马占堆平时就在林区里拼命寻找天麻和灵芝，积攒学费送弟弟上大学。现在，他冒着生命危险攀爬相当于10层楼高的大树，就是想在弟弟离家深造之前，送给他一份珍贵的礼物——野蜂蜜。

看他爬树，步步惊心。除了藤条之外，没有任何其他护身的设备。更棘手的是，他必须不断地腾出手来，用随身携带的刀砍凿树干，以获得落脚的"阶梯"。

在长达几个小时的攀爬过程中，他全然看不到粉身碎骨的危险，一心一意只想看到弟弟吮食野蜂蜜的灿烂笑脸。

终于爬到树冠了，他解开树藤，点燃烟雾，把"穷凶极恶"的蜜蜂赶走，再用刀把野蜂藏身的树洞劈开，取出了不啻拱璧的野蜂蜜。

舔着哥哥千辛万苦采集而来的野蜂蜜，弟弟的脸上满是笑容……

母女情深

中年女子李溪蹲在路边，这边拨拨，那边弄弄，一见到那种俗称蒿子的草本植物，大朵笑花便在脸上绽放。怀里装满野菜后，她迫不及待地赶回家去，用水将野菜泡软了，以手搓揉，把苦涩的汁液去除，再用刀将野菜剁细，搁置一旁。接着将大米研磨成粉，在浓稠的米浆中加入野菜、咸肉，在锅里翻炒均匀，用手压成一个个巴掌大小的扁平浆饼。最后把饼放进锅里，用慢火烙。烙成的饼，一个个金光灿烂、香气扑鼻。

在安徽省，每年农历三月初三，当地人有吃蒿子粑粑的习俗，李溪忙了一整天，就是为了替她女儿准备这道美味又营养丰富的家乡小食。

李溪步履匆匆地赶往女儿就读的毛坦厂中学，取出热气腾腾、金光灿烂的蒿子粑粑，看着眼露馋光的女儿一个接一个津津有味地吃，脸上满是欢喜。

李溪是陪读妈妈，她放弃了属于自己的一切，搬到学校附近，陪伴正在准备高考的女儿。在长达 10 个月的陪读期间，照顾女儿的起居饮食就是她生活的全部内容。其他的陪读妈妈呢，也和李溪一样，每天变着花样，以各种美食来宠孩子的味蕾，让他们有足够的精力闯过高考这个人生的坎儿。

《舌尖上的中国》（第二季）共八集，除了介绍糅合着生活智慧与文化传统的中国美食之外，还穿插了无数蕴藏在美食里的真实故事，展示了浓郁动人的亲情，也体现了隽永的价值观。

上述两个故事，便是《舌尖上的中国》（第二季）第一集《脚步》和第七集《三餐》中的片段。那一份份香气氤氲的爱，让人在观赏这套纪录片时有热泪盈眶的感动。

摄制这个节目的团队，抱着对大自然的崇敬与对食材的尊敬，走遍大江南北，耗时一年半，倾尽全力，给亿万观众呈现了中国饮食的细致奥妙与无穷变化。

我认为，美食固然有无限魅力，然而，真正赋予这个节目永恒生命力的是那一份份蕴藏在美食里的爱。

［第四辑］

羊的启示

人在旅途，只要睁大心眼，仔细观察、反刍、消化，纵是随处可见的羊，也能给我们的人生带来灿然生光的启示。

羊的启示

有关羊的成语不算少，但奇怪的是，坊间用来用去，常用的只有寥寥几个，如羊肠小径、羊落虎口、亡羊补牢。羊踏菜园、羊续悬鱼、羊真孔草、羊质虎皮、羊裘垂钓、羊狠狼贪、羊体嵇心、羊触藩篱等都鲜少有人引用。至于俗语，除了"羊毛出在羊身上""挂羊头卖狗肉"这两句屡见不鲜之外，其他如"羊群里跑出骆驼来""羊去吃草鹅去赶""羊皮膏药——不灵"等都很少被使用。

原因何在，不得而知。据我猜想，也许温驯的羊没啥鲜明的个性，众人不爱提它吧？

说说一些有关羊的趣事。

多年前，我在澳大利亚南部海岛塔斯马尼亚（Tasmania）见识了一只"有奶便是娘"的绵羊。那家农户养了许多羊。羊是群居动物，生性怯弱，人一接近，便拼命奔逃，我多次想和它们合拍一张"团体照"都没成功。然而，最奇怪的是，其中一只离群而居的小绵羊一看到农舍小主人爱丽丝便欢叫连连，"咩咩咩"地扑进她怀里，而当其他绵羊靠近它时，它却踏着碎步逃得上气不接下气，状甚可怜。爱丽丝温柔地把它抱进怀里，向我解释道："它出世时，身子孱弱，我们刻意将它和其他绵羊分开，每天用奶瓶喂乳。它一直不知道自己是只绵羊，还自以为是个小人儿啊！"看到亲密地依偎着爱丽丝的那只小绵羊，我不由得想到，它的一生注定是个无可救药的悲剧。以为自己是人，却只能用四条腿走路，说不了人话，做不了人事。

同样的道理，番薯肯定是变不了西红柿的。虽然番薯清楚地知道自己可以熬成有营养的番薯粥、煮成甜润的番薯汤、炸成香酥的番薯丸，可生它、育它的大地却想硬生生地把它转化为西红柿或番石榴，结果呢，长成的番薯怀了一颗黄连的心，做出来的粥、汤和丸子都苦得无法入口。

在新西兰，我下榻于一个大牧场。多年从事畜牧业的格尔汉养了6条牧羊犬，每天赶着4000多只羊外出吃草，傍晚又将它们赶回羊栏去。格尔汉坐在小卡车里，一面驾车，一面吹口哨，6条牧羊犬便根据口哨的变化行事，奔跑、跳跃、追逐、领路、殿后，各司其职。坐在卡车里的我看得目瞪口呆，格尔汉却轻松地说道："基于群羊心态，羊群好管。只要为首的那一只羊跟着狗儿跑，其他的都会盲从，绝无二心。"

在教育系统里，"填鸭式"教育其实便是一种"培养群羊心态"的形式。在一授一受之间，没有反刍与反问、反思与反诘，老师讲讲，学生抄抄，到了考试，学生便一字不漏地将装进脑子里的东西一股脑儿地"吐"出来，最后当然也就"求仁得仁"地得到了他想要的分数。"群羊"毕业后进入社会，事事"依样画葫芦"的结果就是脑子僵化、创意死亡。

令我大开眼界的是爱尔兰的"绵羊中心"。一向以为所有的绵羊都一样，肉可食、毛可织、皮可用，参观了"绵羊中心"后才知道来自不同国家品种不同的绵羊居然有着不同的潜能、个性和特长：有的肉质粗糙如泥沙却毛质柔软如棉絮，有的肉质柔嫩可口而羊毛粗如钢丝。林林总总，不一而足。独具慧眼的经营者便根据羊的基因善加利用，使羊的特性得到充分发挥。

羊各尽所能，各得其所。

爱尔兰的"绵羊中心"是教育者的乐园。

俄罗斯套娃

俄罗斯的秋夜像流浪猫的眼睛一样冰寒。

在莫斯科长达 1 公里的步行街彳亍，我缩着颈项，冷得像一枚干瘪的枣。尽管冷风徜徉，街上却热热闹闹地麇集着许多卖艺者，包括画者、歌者、舞者。色彩和音符热闹地交缠着。

这条老街是在俄罗斯经济改革之后才变得生气勃勃的。

走着走着，游移的目光蓦然被一位老人紧紧抓住了。他身着鲜红的羊皮袍子，脚着褐色的羊皮长靴，红润的大脸，蓄着雪白的长胡子。

嘿，这分明就是活脱脱地从画册里走出来的圣诞老人啊！

他闲坐着，面前小小的摊子上摆满了千娇百媚的俄罗斯套娃（Matryoshka）。我一趋近，他便微笑着说："瞧，这些套娃全都是我亲手绘制的呀！"

以机器制作的套娃，面貌千篇一律，复印似的死板；这老人却以巧手绘制出个个表情迥然、色彩娇艳繁丽的套娃。

这位名叫沃迪米亚的老人一开口便滔滔不绝："过去，我在莫斯科一家火箭机件制造厂工作，因为腿伤而不得不离职，改行到纪念品制造厂工作，就在那里，我学会了以桦木和釉彩制作俄罗斯套娃。"

让我吃惊的是，驰名世界的俄罗斯套娃竟然不是在俄罗斯"土生土长"的！

老人指出：百余年前，木质娃娃这种古老的手工艺品从日本传到俄罗斯。当时，俄罗斯正由农业化走向工业化，在面对经济转型所带来的焦虑里，在快速现代化所滋生的迷失感中，恢复与保留传统的呼声甚嚣尘上。这时，有人灵机一动，将日本以僧侣为原型的木质娃娃改头换面，换上了俄罗斯妇女的面孔，并赋予它当时常见的俄罗斯农妇的名字"Matryoshka"。这种舶来品遂摇身一变成为具有俄罗斯本土特色的玩意儿。

在那个动荡不安的年代里，朴实无华的俄罗斯套娃的确起到了抚慰人心的作用。

19世纪，在巴黎举行的国际商品展览会上，这土里土气的俄罗斯套娃竟然风风光光地夺取了铜奖。自此之后，俄罗斯套娃便美名远扬、蜚声海外，成了俄罗斯极具代表性的民间艺术品。

然而，在追求经济利益的今天，已越来越少人愿意把精力倾注于利润相对较少的手工业了，因此，泛滥于市场的多是廉价拙劣的机器制品。与此同时，俄罗斯套娃的设计也突破了旧日的范畴，花样百出，俄罗斯的宦海政要、艺术家、体育明星、影视歌坛明星等都是绘制的对象。此外，也有些富裕人家特聘手工艺精湛的工匠为家庭成员和宠物绘制独家的俄罗斯套娃。

非常逗趣的是，老人沃迪米亚居然也为自己绘制了惟妙惟肖的套娃，大大小小一套五个，全都是笑吟吟的。探询价钱，他居然摇头应道："这是非卖品呢，你选别的吧！"顿了顿，又幽默地续道，"你想想，我怎么可以出售自己呢？"啊！"我见青山多妩媚，料青山见我应如是"——老人沃迪米亚分分秒秒对着自己的笑脸，心情受感染，笑意当然也就不知不觉地沾满一脸了。

拥有长达 27 年制作套娃经验的老人沃迪米亚，非常抗拒冰冷生硬的机器制品，认为那是对民间艺术的一种亵渎。他指着摊子上那些精美可爱的俄罗斯套娃，一再强调说："这些全都是我亲手绘制的呀！"

执着的他既是骄傲的，又是快乐的。

所赚不多，但在精神上富可敌国。

不施粉黛的辛德丽雯清新如早上的露珠，我是在俄罗斯第二大城市圣彼得堡参加步行观光团①时认识她的。

网上报名者有 20 多人，可是由于这天反常地冷，依时到广场来集合的只有稀稀落落的 8 个人。

担任步行观光团义务讲解员的正是辛德丽雯。她微笑着说："我带领的团啊，有时多达百人，好辛苦。今天仅仅 8 个人，小团，好耶！"参加者少，她的心情却丝毫不受影响，一副开开心心的样子，大家立马都受到了感染。

辛德丽雯带领我们沿着波光粼粼的运河慢慢地走，经过教堂、博物馆、高等学府和许许多多巍峨古雅的建筑时，她驻足介绍，在娓娓畅述历史文化时，还加入了引人发噱的逸闻、趣闻、传言、流言，大家听得津津有味、笑声四起。三个半小时转瞬即过。观光结束后，她摘下帽子，翻转过来，笑嘻嘻

①步行观光团是由一些熟悉当地历史文化的人担任义务讲解员，以步行的方式，带领各国旅客游览当地名胜。事后，游客可以根据自己的满意度来付小费。

地说："请大家随意啦！"8个人都高高兴兴地付了丰厚的小费。

众人四散后，我和日胜留下来，继续与她交谈，聊得起劲，索性邀她共进午餐，并讨论了语言问题。

在俄罗斯，寻常百姓通谙英语者凤毛麟角，现年25岁的辛德丽雯，英语却说得如水般流畅。

探询学习要诀，她说："在中小学，俄语是第一语言，英语是强制性学习的第二语言。坦白地说吧，求学时，我痛恨英语，因为老师天天要我们死背词汇、死记语法。最糟的是，社会这个大环境又不能让我们感受到学习英语的重要性。于是，大家都像老牛拉破车一样，步履艰辛地学、有脑无心地学、意兴阑珊地学。一旦考试过关，便束之高阁。再过不久，就忘得一干二净了。"

上了大学之后，对外面的世界产生莫大兴趣的辛德丽雯，决定主修西班牙语。她说："你想想，只要掌握了西班牙语，到中南美洲旅行，除了巴西之外，处处畅行，多划得来啊！"

功利主义的思想，成了她学习语言的润滑剂，也成了最大的动力。

"我简直就是不要命地学，背词汇背得天昏地暗。这时，我才了解，学语言其实是需要极大的韧性和耐性的。

回想中小学时，老是埋怨甚至痛恨老师要我们苦背词汇，对老师多不公平呀！"

不过，辛德丽雯亦认为，教师如能以有效的方法激发学生的学习兴趣，当能事半功倍。她就是在大学讲师的鼓励和指导下，天天勤读感性的文艺作品、时时观赏动人的电影、广泛结交爱论时事的网友，多策并用才掌握了西班牙语。

毕业后，迈出国门旅行时，她才发现，只懂西班牙语是绝对不够的。

"语言是手电筒，带在身边，永远不必担心自己陷落于黑暗的窘境。然而过去，我错误而幼稚地把英语看成潮湿的火柴杆，错过了美好的学习良机！"

认识了自己的错误之后，她闭门练功，发愤苦学，终于，种瓜得瓜，修成正果。

如今，她身兼两职，正业是以英语和西班牙语从事教学工作，副业是当步行观光团的讲解员。有空便出国当背包客，生活过得有滋有味。

询及未来计划，她不假思索地说："我要学中文。"

辛德丽雯认为，一个人只要通晓了俄语、英语、西班牙语、中文，全世界都可以畅行无阻，现阶段的她是"四缺一"。

说说两个旅途上的小插曲。

其一：渡轮上

在哈尔滨，搭乘渡轮到太阳岛去玩。

夏天燥热的阳光像鸟儿的尖喙，一下一下啄得我的皮肤隐然生疼。

在离我不远的船舷处坐着一对夫妻，他们带着十来岁的儿子出游。

当无可抵挡的阳光由鸟喙化成乱箭射入船舱时，父亲急忙摘下头上的帽子，挡在儿子红润的脸庞前。儿子原已妥帖地戴了一顶鸭舌帽，此刻，猖獗的阳光就在这两顶帽子外边毫无作为地徘徊着，孩子的脸舒舒服服地隐在一片灰蒙蒙的阴凉里。

父亲的脸赤裸裸地暴露在酷热的阳光下，任由阳光像利箭一样无情地直射着，脸上慈和的笑意却像失去方向的水，在五官间恣意地流来流去。母亲呢，从皮包里取出一把扇子为儿子扇风，她的手毫不间歇地挥着、扇着，绕来缠去的人造风无声地倾诉着千年不死的爱。手酸了、累了，可是，她的脸却像加入了过多酵母的面团，被膨胀的笑意弄得失去了形状。

全程如此。

让我觉得心寒的是那孩子脸上的表情，那是一种全无表情的表情，那是一种把一切视作理所当然的表情。没有感动，更遑论感恩。

父母滴水不漏地为他挡住阳光，阳光照不着他的脸，阳光也照不进他的心。他的心，是一片没有感觉、没有感情的冰冷，是一片贫瘠的荒地。

其二：餐馆里

这家快餐店坐落于长春一条热闹的大街上，车辆和人潮都川流不息。

一坐下，我便注意到座位斜对面的三口之家。

孩子六七岁，一圈又一圈的脂肪形成了他重重叠叠的下巴，而身上的肉则使他看起来像一枚熟得快要爆裂的浆果。他大模大样地坐在父母中间，桌子上面放着一大盒亮晃晃的炸鸡、一大包金闪闪的薯条。他在喝汽水，他的父亲手里拿着一个肥大的鸡腿，他的母亲则以叉子叉着薯条，两个人都处于"备战状态"。当小胖子的嘴巴从杯沿移开时，父亲立刻将鸡腿送到他嘴边。他咬得满嘴油腻，咬得理直气壮。接着，母亲把薯条轻轻地塞进他嘴里，他吞得如狼似虎，吞得顺理成章。

我看得瞠目结舌，终于明白"饭来张口，衣来伸手"全然不是夸张之言！

父母欠缺理性的溺爱，使小胖子拥有了一双形同虚设的手。

他的胃囊永远是饱的，但是他的脑子永远处在饥饿状态下。

曾在中国杂志《意林》读过一则微型小说（作者不详），只有寥寥百余字，却蕴含着令人深思的绵长韵味，过目难忘。

引述如下："那年，他考上了高中，他爸把猪卖了。那年他考上了大学，他爸把牛卖了。那年，他恋爱了，他爸去卖了好多次血。那年，他毕业了，丈母娘说'买房子结婚或分手'。还是那年，他爸走路摔倒了，被好心人送去医院，然后，他有钱结婚了。"

在成长的过程中，如果父母仅仅给予孩子"取"的教育而不曾教会他"予"的哲学，他内心的那块荒地绝对长不出可以让大家分享的甜美果子，源源不断地在他心中冒出来的将是处处算计人的荆棘，扎手又扎心的尖刺寒光闪闪，令人生畏。

对于这类人来说，"利他"和"反哺"将永远是陌生的名词。

　　所以啊，家长千万不要以为家庭教育只是囿于家庭之内的事情。

二十四孝

中国福建省崇武镇素以石雕驰名。崇武古城内的中华石雕工艺博览园便气势磅礴地展示了500余件艺术风格迥然不同的石雕作品。最让人激赏的是，许多石雕人像都取材于中国经典文学作品，比如明清时期的四大古典文学名著、《聊斋志异》《二十四孝》等。

那天早上，阳光把整个大地照得晶晶发亮。

我在二十四孝园漫步，慢慢观赏那一个个栩栩如生的石雕。这时，有一对母子也进园了。母亲约莫三十岁，戴着一副圆框眼镜，衣着朴素。儿子呢，大概五六岁，温顺而安静。母亲耐心地给儿子解释每个石雕背后的故事，儿子正处于智慧启蒙期，听得非常入神。很显然，这个母亲是想利用古代二十四个孝子的故事进行道德教育的熏陶。

"百行孝为先。"大家都知道孝道是儒家伦理思想的核心之一，也是维系伦常关系的道德准则。然而，《二十四孝》真的是无懈可击的孝道范本吗？

少年时代的我，在读由元代郭居敬所辑

录的通俗读本《二十四孝》时，虽然也曾被书内的孝思深深地打动，可是早熟的我也敏锐地发现，其中有些故事是不合情理、不合时宜的，欠缺一定的说服力。

比如说，郭巨埋儿奉母这故事便有悖伦常。由于家境贫困，郭巨在妻子诞下麟儿之后，竟然对妻子说道："儿子可以再有，母亲死了不能复活，不如埋掉儿子，节省些粮食供养母亲。"（这种残酷至极的想法着实令我毛骨悚然！）当夫妻俩合力挖坑埋儿时，在地底两尺处挖出了一坛黄金，上面清楚地写着："天赐郭巨，官不得取，民不得夺。"夫妻俩遂欢喜地抱着那坛黄金回家去，孝敬母亲，养育孩子。（我想：如果没有那坛天赐黄金，那个无辜的孩子不就命丧黄泉了吗？）

另外一个故事卧冰求鲤凸显的完全是愚孝行为。继母想吃活鲤鱼，适逢天寒地冻，王祥居然解开衣服躺在冰上！这时，冰突然自行融化，水里跃出两条鲤鱼，继母食后，果然病愈。王祥自此官运亨通，步步高升。（我觉得，真实的情况是，那个愚孝的人不久便会成为冰面上一具僵冷的尸体。）

其他的故事，如恣蚊饱血、扼虎救父、刻木事亲、啮指痛心等都因为情节荒谬而影响了该有的感染力。

我发现，《二十四孝》当中那些动人的故事都是比较贴近现实生活的。比方说，扇枕温衾里的黄香，九岁丧母，事父至孝，盛夏时为父亲扇凉枕席，寒冬时用身体为父亲温暖被褥，心思细腻，感人至深。又如百里负米的子路，早年家中贫穷，自己常常采摘味苦质粗的野菜为膳食，却从百里之外背米回家侍奉双亲。其他故事，如亲尝汤药、行佣供母、拾葚异器、乳姑不怠、弃官寻母、涤亲溺器等都细腻地从各个不同的角度将孝道做了极其美好的诠释。

然而，姑且不论上述故事有多感人，时代毕竟改变了，这些故事和现代生活已有了十万八千里的距离，用以充作道德教育的素材是比较难以贴近人心的。

今日幅员广大的中国不正存在着许许多多"孝可感天"的真实故事吗？有心人如果能收集这类故事，以图文并茂的方式出版一部《二十四孝新编》，相信会更有震撼力、说服力、感染力、影响力。

其实，明确地说，传扬孝道，不论置身何时何地，我认为"身教"仍然是最有效的方式。

在泉州，想包一辆车去崇武古城玩半天，但是出租车司机都狮子大开口，高者索价 500 元，低者也要价 400 元，问张三李四，问甲乙丙丁，都是如此。根据猫途鹰（Tripadvisor）网站上的信息，市价一般是 250 元左右，我们当然不肯成为砧板上的肥羊。

这天，搭出租车去开元寺玩时，碰上一位个子魁梧、肤色黝黑的司机，我们探问去崇武古城的收费，他只稍稍考虑一下，便老老实实地说："250 元，行吗？"我们立马欢喜地说："好呀，好呀！"

次日一早，他就在宾馆外面候着了。

崇武古城离泉州的车程大约一个半小时，这位来自随州的黄姓司机，一路上滔滔不绝，声情并茂地谈论自己的故乡："随州，那真是个好地方呀！它是炎帝神农的故里，也是编钟古乐之乡。历史丰厚，但它又不是那种老旧的城市，园林设计非常现代化，美丽得不得了！"顿了顿，又说，"我们有许多特产，说了口水都直流啊，香菇、板栗、蜜枣、银杏，满街都是……"

"既然你的故乡那么好，为什么你还要到泉州来谋生呢？"我有点煞风景地问。

"唉，随州就输在经济发展缓慢，消费能力低，旅游业也不是很发达。有时，我驾着出租车在市区兜来兜去，老半天都招不到生意。穷则变，变则通嘛，目前，我身在泉州赚钱，心在随州漫游啊！"

几句妙趣横生的话，说得我哈哈大笑。

从人口200多万的随州来到人口800多万的泉州，小黄觉得自己变成了掉在蜘蛛网上的一只飞虫，东南西北都分不清。然而，条条大路通罗马，他安抚自己：莫惊莫怕，且静下心来研究地图，把整个泉州分割成几大块，了解了所有主要道路的走向，再死记小路的各种标志。把这一切摸清记熟之后，他发现泉州也不过是个"小地方"而已。

我说："你可以用方向导航器啊，何必这样辛苦呢？"他正色说："不行呀！做一行不能不知一行，如果每次出去都要靠导航器，我又哪能算得上称职的司机呢？就好像教书的老师，肚子里一定要装满学问才能踏进课室，总不能在听到学生的提问时才说等我回家查查字典再回答你呀！"我莞尔。

小黄家里务农，中学毕业后，没有能力让他升读大学，他只好出来工作。在泉州生活了好几年，随遇而安的他对这儿也赞不绝口："泉州四季温暖如春，真是个好地方。闽南人热情好客，很好相处。和随州一样，泉州也是历史名城，古迹多不胜举，各种宗教在这儿兼容并蓄，加上它是中国海上丝绸之路的起点，游客络绎不绝，给我们创造了很好的赚钱机会。老实告诉你，我在心理上已把泉州当作第二故乡了。"

"你会找个泉州姑娘，在这儿落地生根吗？"我打趣地问。他斩钉截铁地回答："不会，绝对不会！"追问原因，他毫不讳言："我吃不惯泉州的食物，太清淡了。我在老家，习惯了又香又辣的食物，稀里呼噜吃得大汗淋漓，痛快得不得了。泉州的食物太清淡了，吃得一点儿也不过瘾。一个人辛辛苦苦地工作，不就图个舒服吗？回家后，有个人给你准备几道菜，辣得让你龇牙咧嘴乐呵呵地呻吟，大碗饭大口大口地扒，那才叫幸福呀！要是娶了个闽南姑娘，天天给我蒸鱼、炖汤，你说说，能来劲吗？"

"如果她天天给你炖的是佛跳墙呢？"我促狭地问。

"哎呀，我恐怕会跳墙而逃啊！"

哈哈，甲之熊掌，竟是乙之猫爪！

乐观随和的小黄师傅在味道上有着宁死不屈的坚持。

病从口入

策划长达 4 个月的旅程时，最担心的是在旅途上被"不识时务"的病痛纠缠上，因此，准备了一个小药箱，药粉、药丸、药水，中药、西药，样样齐备。

原以为有备无患、万无一失了，没想到这个被我视若拱璧的"百宝箱"竟然派不上用场！在旅途中，两次病从口入，由于情况严重，我都火急火燎地直奔医院。

一次是在哥斯达黎加。

中美洲盛产海鲜，每只虾大若巴掌，满满的虾肉几乎破壳而出，溢满了海洋的气息。我敞开胃囊，毫无节制地吃，清蒸、干煎、盐烤、白灼、酒烹，轮番吃。

那天午餐时意气风发地吃了 8 只巨虾，晚餐时又吃了 8 只。

终于出事了。

返回旅馆后，浑身上下冒出了点点红斑，像爬满了蚂蚁，痒不可挡。清晨起床时，双眸好像被沉甸甸的巨山压着，勉强撑开一条缝，揽镜一照，惊叫出声："哎呀！"眼皮鼓胀如球，整张脸怪异地扭曲着。

我跳上出租车，对司机说："去医院，快点！"

司机回头看见奇形怪状的我，以为白天见鬼，猛踩油门，风驰电掣。

来到政府医院门诊部，三四个医护人员轮流前来探问，可是一个个都因为不谙英语，耸肩而去。可怜的我，像台录音机，同样的话重复了又重复，对方却不得要领。

最令我震惊的是医院那种好似嘉年华会的气氛。到处都是谈笑声，医生和医生、护士和护士、医生和护士都在大声讲、大声笑，显得非常快乐。我知道哥斯达黎加是个快乐指数极高的国家，但绝对没有想到在这个原该愁云惨雾的地方，居然也莫名其妙地与快乐处处碰撞。

等了老半天，终于有个操英语的年轻医生趋前问话，经过诊断，他明确表示，这是严重的食物过敏，嘱一位护士为我打针。当护士为我注射时，居然把手机夹在头颅和肩膀间谈笑风生。目睹她的马虎草率，我简直战栗了，可转念一想，当地人的平均寿命高达78岁，我应该不会如此轻易地命丧针下吧？一管针、几帖药，收费44000科朗（1哥斯达黎加科朗约等于0.0117元人民币）。

回想这次经历，让我惊怵的其实不是病痛，而是哥斯达黎加公立医院那种全无纪律的松弛气氛。

医院应该有医院的样子，而医院该有什么样子往往取决于国家的体制与管制。

第二次因为口腹之欲而惹祸是在厄瓜多尔南部城市昆卡。

我食物中毒，狂吐、狂泻、狂痛。猛服止吐药、止泻药、止痛药，什么都止不了，只好狂奔医院。

急诊室里有一位医生和两位护士值班。

他们都不谙英语，医生好整以暇地启动电脑，用谷歌翻译软件与我进行无声的对话。他以西班牙语发问，我以英语作答。一问一答，二问二答，几番往来之后，专业的他对病征已了然于胸，嘱我留下打点滴。在那 3 个小时里，周遭安静无声。医院本来就该是这个样子的呀！

许多事情，只有在超出常规时，我们才惊觉，世间根本没有"理所当然"这一码事。

打完点滴，医生给我开了 5 种药，收费 130 美元（1美元约等于 7 元人民币）。我揣着药，风风火火地赶往长途汽车站。在车上昏睡了几个小时，抵达另一个城市瓜亚基尔时，已止吐、止泻、止痛了。

旅途中两次入院求医的经验让我明白了饮食宜求"中庸之道"，滥吃狂食无异于自我戕害呀！

珲春是吉林省延边朝鲜族自治州的一个小城。

"一眼看三国"是珲春最大的魅力，也是吸引游客不远千里而去的一个旅游亮点，因为它处于中国、朝鲜、俄罗斯三国的交界地带。

那天，我来到防川风景区，站在高处俯瞰，远处可见俄罗斯的房屋、朝鲜广袤的田地上有农妇"为五斗米而折腰"。

站在我旁边的一对夫妇，满头银发像江边芦苇，在风里胡乱飞舞，飞出了一圈圈柔和的银光。男的穿着浅灰色的风衣，配搭深灰色的裤子，有款有型；女的一身素白，披着米、褐双色披肩。两个人都不年轻，但脸上都没有岁月的尘垢。当女的仰着头笑眯眯地和男的说话时，眼尾纹看起来近似妩媚。

男的手执望远镜，转来转去饶有兴味地看三国风情，不时把望远镜交给女的，分享看法。看到我眯着眼吃力地朝远方眺望，女的微笑着把望远镜递给我，和气地说：“借给你。”我边看边说：“哎呀，我连朝鲜农妇额上的汗珠也看见了呀！”他们笑，大家随即高兴地攀谈了起来。

男的是大学教授，女的任职于翻译社，都已经退休好几年了。

过去，中国退休老人普遍有两大愿望：一是含饴弄孙，二是把积蓄留给子孙。辛苦了大半生之后，这些人又走回苦不堪言的老路，在锱铢必较的节俭中，把晚年消耗在尿布、奶瓶这些事上。他们彻底忘了，晚年其实是自宠的黄金岁月。

可现在不同了。

眼前这一对年过七旬的吕姓夫妇便有着截然不同的看法。

吕太太侃侃而谈：“过去爷爷奶奶照顾孙儿时有绝对的权威，说一便是一，说二便是二，家里只有一个声音，没有分歧、没有争执，老少两代团结一致地把第三代带大。现在年轻的一代自有一套育儿经，意见多。婴孩抱得紧嘛，怕伤了他；抱得松呢，又怕摔了他。祖父母让孙儿吃吃糖果宠宠他，他们偏说你败了他吃正餐的胃口；吃正餐时耐着性子用玩具和游戏哄他吃，他们又说你坏了吃饭的规矩。总之，祖父母就像照镜子的猪八戒——

里外不是人。难呀！照顾孙辈，原已疲惫不堪了，还得应付孩子的诸多要求，精神负荷极大！我的看法是，儿孙自有儿孙福，一代人管一代人的事。我当年谁也不靠地把孩子带大，孩子今日应该也有同样的能耐。"

至于钱财嘛，吕先生娓娓道来："我们虽不富有，但工作了一辈子，也有一定的积蓄。全部留给孩子的话，财多必败——败其品德、败其生活。我们供他读完大学，他已经有了应对生活的武器，应该凭借自己的双手打天下。"

吕氏夫妇选择游山玩水来为自己的晚年增添光彩。他们不喜欢参加旅行团到国外去，以赶鸭子的方式走马观花。他们最大的愿望就是在有生之年，把祖国主要的城市看个透、玩个够。

"年轻时，外出旅游，时间有限，只能囫囵吞枣式地看；现在，有着挥霍不完的时间，可以慢咬、细嚼、反刍、消化。"吕先生兴致勃勃地说，"在古迹里，我们既可以看到一去不复返的过去，也可以窥见未来的发展运程。国势兴衰起落的前因后果，往往就藏在历史的轨迹里。"

退休迄今，这对相敬如宾的夫妻已经游了中国100多个大大小小的城市了。

与他们握手道别时，吕先生重新拿起了望远镜，兴趣盎然地眺望着，静静思索着历史古迹所遗留的深邃含义……

人在旅途，奔波多时，已经很久没有享受在发廊让人洗头发的乐趣了。

这天用过午餐后，在哥斯达黎加首都圣何塞闲逛时，看到了一家发廊。门口防卫森严地拉上了栅栏门，里面坐着一位满头鬈发的中年华裔男子。我隔着栅栏门问："你们今天营业吗？"男子用华语问道："你要做什么呢？"我答："洗头呀！"他这才慢吞吞地取了钥匙来开门，说："这儿治安不好，我们一般只做熟客。你是游客吧？"我点了点头，他又说："我太太在吃午餐呢，你稍候。"

男子来自中国广东中山，在中国经营发廊已有 30 多年了。我讶异地说："月是故乡圆呀，在自己国家轻车熟路地做，不是比到人生地不熟的中美洲另起炉灶好吗？"

他叹了一口气，说："如果不是迫不得已，谁想远走他乡呢？在中山，凡是经营发廊的，都面临着同一个问题，那就是员工难请。8 年前，我感觉自己已走入了一个难以突破的瓶颈，恰好有朋友在这儿发展得不错，一直劝我来，我考虑过后，便从善如流啦！"

哥斯达黎加于 19 世纪独立后，一直采取门户开放的政策，收纳来自世界各地的移民，许多异乡客都在这个幸福指数排名极高的国度里建立起自己的快乐桃源。

他来此 8 年，凭着精湛的手艺，拉拢了一批熟客，生活还算安定。10 个月前，他把妻子接了过来。他的妻子过去一直留在国内照顾孩子，现在，孩子长大了，夫妻也就在异乡团聚啦！

在谈话时，有熟客找他剪发。他拿起剪刀，咔嚓咔嚓地东修西剪，不足 5 分钟便完事了，轻松写意地，3000 科朗便入了口袋。

这时，他的妻子用毕午餐，从楼上下来了。她一副不修边幅的样子，额前一溜密密的刘海，像一幅厚厚的窗帘；后面一小把头发，既不像髻，也不似马尾，被胡乱地在后脑勺扎成一团三不像的东西。她脸色苍白，眼皮浮肿，看来是一个十分不快乐的人。

果然，一开口，便怨气冲天："圣何塞这个鬼地方啊，真不是人住的！我来这里 10 个月，便哭了 10 个月。语言不通，寸步难行啊，天天好像住在囚笼里，除了工作，便是窝在家里看连续剧，寂寞得飙泪呀！"

"你有时间看光盘，为什么不花点时间学学西班牙语呢？"我问，"语言畅通，处处也就通行无阻了呀！"

"学西班牙语？你开玩笑！"她嚷了起来，"你知道这鬼语言有多难学吗？"

嘿，我当然知道，可世上哪有不劳而获之事呢？

看到她脸上那层快把她压瘪的寂寞与化解不了的烦恼，我又换了个角度问："既然无法适应，为什么不回国去呢？"

"回国？"她像被我踩了一脚似的，又嚷了起来，"我才出国10个月，便打道回府，你说，面子该往哪儿搁呢？好歹总得待上五六年，才能回去啊！"

话不投机半句多，我不再出声了。

我的三千烦恼丝在她手上被弄得烦恼更增。洗头的水冷冰冰的，批评了她以后，她又赌气似的调得太热，连头皮都几乎被烫熟了。她笨拙的双手在我发际胡乱地抓呀抓，水哗啦啦飞溅，领口和后背的衣服全湿了。之后，草草吹干了事。这样的服务，居然收费4000科朗，在平均月薪只有五六百美元的哥斯达黎加是不算便宜的。

唉，这个女人，就连十根手指也都是忧郁的。

杀人魔窟

最近在哈尔滨参观了被称为"杀人魔窟"的侵华日军第七三一部队遗址，我的心情犹如一锅被炸开的豆子，灼热、痛楚、爆裂。

尽管这一段惨绝人寰的历史我早已了如指掌，可是，当真正接触到罪证陈列馆所展出的那些泯灭人性的照片，看到那些证据确凿的实物和听到许多见证人还原历史真相的证言时，我还是在义愤填膺和高度战栗中大大地震惊了。

在世界战争史上，日军在1936年秘密设立于哈尔滨的第七三一部队是规模最大的细菌战研究实验与生产基地，曾有数千人在此被利用以进行有关鼠疫、伤寒、霍乱、炭疽、结核病、梅毒等细菌活体实验。

日军把送去做活体实验的人称为"木头"。"木头"被送入第七三一部队后，最初与最终的"目标"都是死亡。在实验期间，如果有人"侥幸"存活，这一趟"运气"将造成下一次更惨烈的磨难，一直到他成为实验的牺牲品为止。

实验手段之残酷，比兽更甚。

比如说，在 1943 年末用炭疽热细菌进行实验时，日军将 10 个活人押到打靶场上，绑在彼此相隔 5 米的柱子上，用铁帽将他们的头部盖着，再用铁板遮住他们的身体，只有臀部是暴露的。接着，将一枚含有细菌的炸弹放置在离他们 50 米之遥的地方，利用电流来引发爆炸。实验者受到细菌感染后，再把他们送回第七三一部队进行隔离观察。在这一次实验中感染炭疽热细菌的人全都丧命，无一幸免。之后，尸体就被送到部队所设的焚尸炉里去。

另外一次进行鼠疫菌实验时，把 15 名活人绑在打靶场的柱子上，在周遭插上许多小旗，燃放簇簇乌烟，旨在让飞机易于发现目标。准备就绪后，一架特备的飞机飞到打靶场上空，投下 20 来枚装有鼠疫跳蚤的炸弹，这些炸弹在离地 100 多米的高空全都爆炸了，染上鼠疫的跳蚤纷纷扬扬地落满整个打靶场，接受实验者全都受到可怕的传染。

其他的实验包括将含有各种细菌的液体注射入受实验者的血液里，借此对细菌的毒力进行检定。

实验成功后，日军便用各种各样的方法将细菌散发出去，比如，将化成液体的细菌装在煤油桶里，通过飞机空洒在蔬菜园圃里，或者利用飞机投放鼠疫跳蚤，或者将细菌直接投入蓄水池、河流、水井中，借此引发致命的流行病，带来惨重的祸害。

当年被送入第七三一部队的，包括抗日英雄、爱国志士和一些无辜百姓，其中也有苏联人、蒙古人、朝鲜人等。没有一个人能够活着走出这个阴森恐怖的"杀人魔窟"。根据粗略的统计，从 1939 年至 1945 年，至少有 3000 人惨死于各种活体实验中，而在日军发动的对中国浙江、湖南、江西、山东、山西等地区的多次细菌战中，被杀害者更以数十万计。

1945 年，日本战败后，第七三一部队在溃逃前炸毁了建筑、销毁了罪证，还杀死了最后一批没来得及进行活体实验的被关押者。

侵华日军第七三一部队这个"杀人魔窟"如今已成为一个"活的控诉"，无时无刻不在指证日军的暴行。

对于不曾经历过战乱的年轻一代来说，这是血淋淋的教育。

国家沦陷后，同胞惨惨地沦为敌人的活体实验品。更令人发指的是，实验成功后的"制成品"是用来残杀毒害更多亲爱的同胞的！

和平意识就该从侵华日军第七三一部队遗址这儿培养起来。

水上市场

抱着重温旧梦的心情，我于 2015 年重访曼谷的丹能沙朵水上市场（Damnoen Saduak Floating Market）。

拥有百余年历史的水上市场，原本是泰国市民生活场景的一部分。泰国中部河流汇集，水上交通异常方便，河道两边建满了鳞次栉比的木屋。为了便于水上人家采购日常用品，当地舟贩遂以小舟运载各种农产品、食品和商品，与居民进行交易。

初访丹能沙朵水上市场，已是将近 40 年前的旧事了。

"好风如水"，头戴斗笠的朴实村妇轻轻地划着小舟，晃荡的小舟上堆满了丰盛的五彩瓜果，熟到巅峰的木瓜、甜入心坎的黄梨、皮质光灿的香蕉、清凉诱惑的椰子、香到极致的榴梿，全都"精神抖擞"。热带水果若有若无的香气就像薄薄的雾，轻轻地笼罩着热闹的河道。有些舟贩兜售手工艺品，木刻品、铜雕品、棉织品、丝绸、皮包、披巾等等，应有尽有，尽显泰国风情。舟贩不强制销售，一切你情我愿。想吃了、想买了，一声呼唤、一个手势，载人的小舟、载物的小舟便像缘分初绽的两个人，缓缓靠近、靠拢，买卖双方都笑意浮荡。在这一刻，我不是来自异国一名锱铢必较的游客，而是融入了当地生活的一个小市民，在亲切的寒暄过后，以一种君子的方式完成交易。然后，在粼粼波光里，满怀欢愉地回程，心情闲适自在。

有人把曼谷的水上市场称为"东方威尼斯"，然而我始终认为华丽的威尼斯是属于浮躁的游客的，丹能沙朵水上市场却是属于当地人的，那种生生不息的活力更能触动人心，也更贴近人心。

流逝的岁月始终不曾偷走这份鲜丽的记忆。

然而没有想到，今年兴致勃勃地重访这个我曾一度钟情的水上市场时，美好的感觉却猝然消失，而且消失得十分彻底。

那个早上，依旧是好风如水，阳光灿烂。从曼谷中心乘公共汽车颠簸近 2 个小时，来到了一直美美地锁在我心房里的丹能沙朵水上市场。

一下车，便大大地愣住了。

河面上全是坐满游客、堆满商品的小舟，宛如过江之鲫。不计其数的小舟就在河上毫不浪漫地"肌肤相亲"。许多虎视眈眈的舟贩把小舟停泊在靠近岸边之处守株待兔。载着游客的小舟彳亍着靠近了，舟贩便伸出一支带钩的长杆，不由分说地把载着游客的小舟勾过去，游客在这种强行的"勾引"下，被逼观看舟贩所展示的商品。舟贩漫天开价，价格可能是实价的四五倍。有人看中了一个鼓，卖方开价 2000 铢（1 泰铢约等于 0.2 元人民币），买方还价 1000 铢，卖方立刻首肯。这时，有人提醒买客，这个鼓最多值 400 铢。买方再度还价，卖方不依。买方嘱咐船夫离开，不料舟贩却用长杆把小舟硬生生地勾回来，叫嚣、斥骂，粗暴的语言使原本污浊的河水更加污秽了。买客只好自认倒霉，花钱消灾。

就在这喧嚷、纷扰的一刻，我清清楚楚地听到心房传来"咔嚓"一声，那是记忆碎裂的声音。

水上市场原本是属于当地市民的，可是现在却变成了一个充满旅游动力的地方，那种满溢商业气息而近乎铜臭的动力夺走了原有的朴实魅力。

记忆里鲜活的感情被谋杀的那种感觉竟是如此不堪。

坐在装饰得花团锦簇的小舟里，我意兴阑珊。

真不该再来的。

唉！

站在由山穴改建而成的石屋朝外张望，哎哟，原本静静地埋在心底那颗快乐的种子霎时破土而出，在脸上开出了一朵很大很大的向日葵。

眼前活脱脱就是一个让人除了惊叹还是惊叹的童话世界啊！

数也数不尽的石柱、千姿百态的石岩拔地而起，连天而去。令人难以置信的是，这些逶迤蔓延的石柱、石岩在千百年前，有许多都被开凿修建为巧夺天工的石屋、教堂和修道院。

这儿是土耳其中部地貌特殊的卡帕多西亚（Cappadocia）。

卡帕多西亚之所以引人入胜，是因为它那隐秘的历史。

根据文献记载，在 1000 多年前，有一部分受到残酷镇压与无情迫害的基督徒偷偷逃到了地势险要且地形隐蔽的卡帕多西亚，匿居于洞穴里。在躲避灾难的同时，他们也悄悄地利用石穴来修建庄严的教堂，展现了人类在强大毅力下可能造就奇迹。

到了公元 4 世纪，基督教得到承认，许许多多的山岩洞穴都被修建成大大小小的教堂和修道院，石壁上还绘了美不胜收的宗教壁画。这个时期的卡帕多西亚俨然成了传播与研究基督教教义的中心。然而后来政治形势一变再变，卡帕多西亚再次成为基督徒的避难所。

斗转星移，如今大部分土耳其人都信奉伊斯兰教了，基督教在这儿已不具影响力，然而卡帕多西亚却成了后人研究基督教文明一个特具意义的地方。

当天，我就住在由石穴改建的旅舍里。

晚上，走了一小段弯弯曲曲的山路，到附近一家小食店去。小食店里有个土砌大灶，面包师傅就在那儿搓揉面团、烘焙面包。只见他手脚麻利地把鼓鼓囊囊的面团在大大的砧板上压得扁扁平平的，加入鸡肉碎，再把面团卷起来送进土灶。不久后，原为白色的面包便变得金黄脆亮了。捧着吃时，面包那勾人魂魄的香气就像悠扬的笛声，在安恬静谧的山穴间活泼地绕来绕去。此刻，我的心突然涌满了幸福。在这个面包飘香的地方，没有饥馑、没有战火啊！

次日一早，步行去迪夫里特峡谷（Devrent Valley）观赏奇石林立的"露天博物馆"。

奇岩怪石是卡帕多西亚的另一大"瑰宝"。

数百年前，这附近的火山气势汹汹地爆发，汹涌澎湃地喷出的岩浆冷却后，在长长的岁月里，经过猖獗的阳光曝晒和风霜雨雪的侵袭，形成了千奇百怪、独一无二的地貌。

大自然的鬼斧神工着实让我大大地折服了，我啧啧惊叹、浮想联翩。

眼前奇岩多如恒河沙数，全都在暗暗地较劲，或粗犷豪气，或雅致秀丽；或壁立千仞，或小巧玲珑；或嶙峋峥嵘，或光滑平整，林林总总，美不胜收。最绝的是，这些岩块不是死的，整个地方有着活泼的生命力——左边有一匹矫健的骏马朝你飞奔而来，一转头，却又看到一只慵懒的羊对着满天云絮冥思默想；前面是一头骆驼行于沙漠，后面是一头牛俯首犁田。这儿也是一个遍地"食材"的地方，各种奇形怪状的蘑菇多如雨后春笋。我心想：这么大的蘑菇，只要采下一朵，便够一家人吃上一整年了呀！

旅行经年，看过的奇岩不计其数，像这样美不胜收绵延数里的却极为罕见。

土耳其这童话世界充满了梦幻色彩。

以色列的阿马太

在特拉维夫－雅法（Tel Aviv-Yafo）参加徒步观光团。

年轻的讲解员出语诙谐："我的名字是阿马太，不过，你们千万不要叫我阿马太先生，我不习惯。"顿了顿，又说，"你们只需称我为陛下便可以了！"

30余名来自世界各地的游客轰然爆出快乐的笑声。

他继续说道："特拉维夫拥有许多不同的称号，诸如音乐之城、脚车之城、欢乐之城，然而对于我来说，它始终只有一个称号，那就是'完美之城'。新城的活泼繁华与旧城的古雅悠闲相衬托，形成了鲜明的个性和隽永的魅力。"他给每人发了一张卡片，上面简明扼要地记载了以色列的建国历史。以色列国情复杂，阿马太采取了中立的态度，仅谈事实，不添加主观评论。他说："在以色列，每个人的历史观点和政治立场都不一样，保持中立才是对他人最大的尊重。"

阿马太认为，一个完美的旅行必须满足旅客听觉、视觉、触觉、嗅觉和味觉上的需求。他那知识丰富的脑袋装满了各种逸闻趣事，在教育大众的同时，也娱乐大众。他的背包就像个百宝箱，不时亮出卡片、地图、照片、纪念品等，时时给人带来惊喜。

来到海边，阿马太给每个人分了一块面包，又取出香料撒在上面，说："对于以色列人来说，这就是家的味道了。"他要求大家闭上眼睛，细细品尝，"试想，你们正颠簸于海面上，而家在遥不可及的远方……"大家在咀嚼着"家的味道"时，脸上都露出了幸福的表情。

说实在的，阿马太最让我感动的是他对脚下那片土地的热爱，这份浓浓的爱，流到他发亮的脸上、流进他的话语里，产生了巨大的感染力……

巴勒斯坦的萨利赫

来到巴勒斯坦被视为"虎穴"的城市希伯伦（Hebron），上网找了个导游，议定以 120 美元请他带我们到处看看。

次日一早，来到了约定的地点，却看到一高一矮两个人在等着。

矮的穆哈默侃侃而谈："萨利赫是我旅游网站中最棒的一位导游，他学识渊博、经验丰富，态度一等一的好。有他陪你们，我最放心不过。"说完，收了 120 美元导游费后匆匆离去。

萨利赫与我边走边谈，知道我执教鞭，他说："我过去也是教师，唉，这真是一门索然无味的行业呀！学生们都没有学习的意愿，交上来的作业全都是从网上一字不漏地抄的，结果呢，每份作业都好像复印品。有时，带他们进行户外活动吧，他们却只顾玩，对活动背后的教育目的却漠不关心！"

萨利赫的话，我不敢苟同。激发学生的学习兴趣、纠正他们的学习态度，不正是教师的职责吗？

对于希伯伦这座城市，他没做任何介绍，只问："你们想去哪儿逛？"我表示想看看以色列在希伯伦设置的安居点。他说："我是巴勒斯坦人，那些安居点，我根本进不去呀！"沉吟半晌，才说，"带你们去看看钉子户吧！"在钉子户那儿，他充当翻译，让我们充分了解了"以巴"之间许多复杂难解的问题，我们总算是上了很好的一课。

分手前，萨利赫面无表情地对我们说道："你们付的 120 美元导游费，一半是落入穆哈默口袋里的，穆哈默这样的做法是有欠公允的。你可不可以在猫途鹰网站上大力推荐我，写上我的名字和电话，建议旅客直接联系我？"

看着他那张不讲道义的脸，我无语……

［第五辑］

旧欢如梦

我用一笔一画慎重地建造思想的堡垒，用一撇一捺释放丰富的感情。
我从不让钢笔忍饥挨饿，也绝不让脑子陷入枯竭，那种笔与人合而为一的感
觉着实美丽得令人心折。

最近，美国诗人白雪丽（Shelly Bryant）送了一支钢笔给我。乍见，心房怦怦乱跳，久违了呀，典雅的钢笔！不讳言，自从使用电脑后，我早已忘却钢笔的存在了，更遑论那曾经有过的钢笔情结了！

母亲有支钢笔，银色的笔套、墨绿的笔身，集雍容华贵与庄重秀雅于一体，它是我们举家由马来西亚怡保迁往新加坡时，外祖父送给她的礼物。

温文尔雅的外祖父以书本的养分滋润自己长长的一生，尤其是退休之后，书和笔不离手。读过的书，每一本都密密地写满了眉批。这个钟爱文字而不善言辞的老人特地通过这份临别的礼物，刻意要母亲终生不忘文字。

母亲不曾辜负这支钢笔。

每天晚上做完家务，她便会把湿漉漉的双手擦拭得干干净净，然后以万分虔诚的心情，从精致的丝绒盒子里取出这支笔，将自己纤细秀美的字体小心翼翼地嵌进稿纸里——有时，她细心为父亲誉清他所修润过的稿子；有时，她用心营造自己的文学世界。

这份心无旁骛的专注，使她秀丽的脸庞看起来深邃似井而又辽阔似海，那种恬静的美丽特别动人心弦。

8岁而早熟的我，倚在桌旁看母亲写稿，对那支不断地写出方块字的钢笔惊叹不已，觉得它简直就像一根魔术棒，能把抽象的思维具体化，而由它组合的一篇篇文章既能让人笑，又能叫人哭，真是法力无边啊！

自此之后，想拥有一支钢笔的心愿便像一颗蓄势待发的种子，在心房里秘密地茁壮成长。每天放学后，我都绕道到书局，痴痴地看橱窗里展示的那支发光发亮的钢笔，双眸大放异彩。当然，我也明白，家徒四壁，我只不过是望梅止渴而已。明白了它可望而不可即，心里那份无可遏制的欲望让我特别难受。

上了高中，拼命努力，独占鳌头，父亲终于给我买了一支钢笔。

那种蓬蓬勃勃的快乐啊，叫人手足无措。

在万籁俱寂的夜晚，当笔尖与稿纸亲昵地接触时，发出的"沙沙"声响宛若润泽人心的和风、细雨。当饥饿的它贪婪地吞食墨水时，那"吧嗒吧嗒"的声响又给人一种"年岁丰饶"的感觉。我用一笔一画慎重地建造思想的堡垒，用一撇一捺释放丰富的感情。我从不让钢笔忍饥挨饿，也绝不让脑子陷入枯竭，那种笔与人合而为一的感觉着实美丽得令人心折。

时代的轮子飞快地转着，渐渐地，人人对轻便快捷的圆珠笔"趋之若鹜"，我也不落人后，将钢笔束之高阁。接着，电脑时代降临，书写工具发生了革命性的变化，当大家十指在键盘上运转如飞的当儿，使用钢笔的人被看成从线装书里钻出来的，像一缕古老的幽魂。

最近，与文化界友人茶叙，谈到历史人物范蠡时，有人问起"蠡"字怎么写，大家面面相觑，居然都写不出来。后来，靠着平板电脑解决了问题。接着，更惊人的事发生了——有人刻意要求这些日日与文字"肌肤相亲"的人在纸上写出一些普通的词汇，如喷嚏、桀骜、蠹虫、饕餮、邋遢等，他们蹙眉而写，出现在纸上的字不是少了一捺，便是缺了一撇，美丽的方块字全都成了可怜兮兮的瘸子！

嘿，这不就是典型的电脑"后遗症"吗？以前，大家何曾如此狼狈过啊！一笔在手，万千词汇呼之便来，每个字从钢笔流出来时都是"四肢健全"的。

唉，惆怅旧欢如梦，旧欢如梦啊！

2011 年春天，花卉在伦敦街头热闹地绽放，层层叠叠、姹紫嫣红。妩媚的风卷着满街缤纷，将热闹的色泽"泼"了我一身。

我和女儿坐在阳台上闲聊。

女儿劝我开设脸谱（Facebook）账户，而我抗拒。

女儿认为像隐士一样蛰居于家从事创作的方式已经落伍了，而面向大众的脸谱正切合时宜地为笔耕者与读者的双向交流提供了良好的沟通渠道。

她指着窗外的街景，说："脸谱就像缤纷的百花，资讯繁多，任您欣赏，随您选择。可您现在却紧闭窗户、紧锁门户，拒绝让斑斓的色彩进入您的世界。"顿了顿，又使出了撒手锏，"妈妈，您常常劝我们与时俱进，如今，世人都对脸谱'趋之若鹜'，您却故步自封！"

在女儿的连番劝说下，我举起了白旗。

由伦敦返回新加坡后，有好几个星期，我投入了脸谱那浩瀚无边的海洋里。文字、图片、照片、视频、录音，既有原创的，也有转载的，林林总总，看得我眼花缭乱。这些浩如烟海的资讯，既有珍珠，也有鱼目；既有钻石，也有玻璃。换言之，在娇艳的玫瑰中，夹杂着恣意蔓生的野草；在清丽的莲花中，牵扯着纠缠不清的泥土。

对我来说，一寸光阴一寸金，我真的舍不得黄澄澄的金子白白地流失于脸谱啊，于是，挥一挥衣袖，潇洒告别，恢复了不问世事的"隐士"生涯。

身边的朋友一个接一个地"陷落"于脸谱这个甜蜜的"大网"内。他们通过文字和照片，在脸谱里和暌违已久的旧雨重建关系，也和许多素昧平生的新知缔结缘分。脸谱里，有网友提出一个议题，其他人便七嘴八舌地参与议论，百花齐放、百鸟争鸣；有网友家办喜事，其他人便锦上添花，争相贺喜，只差没有敲锣打鼓而已；有网友碰上挫折和忧伤，一定有人不遗余力地雪中送炭；有网友受了欺负而大发牢骚呢，也总会有人以语言的绷带为他包扎精神的伤口。友谊的雪球因而越滚越大，网友上百、上千……

我觉得匪夷所思——都是陌生人呀，吹皱一池春水，干卿何事呢？

在饭局上，听朋友们兴高采烈地说着与网友打交道种种说之不尽的乐趣，我风雨不动安如山。心想：这些退休了的朋友可能是闲得慌了，才会把时间消磨在网络世界里，和素未谋面的网友像年糕一样黏来黏去。

我任由开设了长达 4 年的脸谱账户兀自荒废着。

然而，几个月前参加一个聚会，讶异地发现，好几位在职朋友居然都是脸谱常客。尽管忙得分身乏术，他们每天还是坚持上脸谱逛一逛，目的在于"汲取"和"分享"。一位学术界好友指出，脸谱犹如一个五花八门的雏形社会，来自四面八方的信息就像海浪一样，一波接一波，汹涌澎湃，一目十行地浏览一遍，去芜存菁，必有所得。另一位商界好友呢，则坚信分享就是快乐，所以借助脸谱，把个人对生活的感悟好似蒲公英传播种子一样分送出去……

"汲取与分享"这个观念打动了我，我摒弃成见，尝试走近脸谱、走入脸谱。

果然，我既尝到了"汲取"的百般好处，也尝到了"分享"的诸种快乐。

如今，只要有空，我便化身为蜜蜂，进入满树繁花的脸谱，一方面勤勤勉勉地采集花蜜，利己；另一方面，也快快乐乐地酿造蜂蜜，惠人。

一步一个脚印，感谢脸谱帮助我留下了真实的生活痕迹。

这天早上，走在又轻又软又薄宛若丝绸的阳光里，我的心像掺杂了黄连的蜜糖。

此刻，紧紧地揣在怀里的是先父谭显炎的战地日记。

父亲在第二次世界大战时加入了 136 部队，成为出生入死的抗日分子。136 部队的任务包括秘密在马来亚（今马来西亚）收集有关军事、政治、经济等方面的情报，再利用无线电把情报传回给印度的联军总部。此外，他们也和马来亚森林里的人民抗日军合作，给他们提供军火、医药、粮食等，为后来马来亚的反攻做好一切部署工作。父亲在印度接受了极其严峻的军事训练后，成为 136 部队第一批乘坐潜水艇秘密潜入马来亚的抗日志士。

父亲的抗战日记就反映了他在马来亚两年多（1943 年 5 月至 1945 年 8 月）从事抗日活动的真实情况。

父亲撰写的是硬邦邦的历史，然而，他巧妙地运用富有感染力的文艺笔调，让读者在接触书中人物时如闻其声、如见其影。他的文笔是生动活泼的，读着时，好似在观赏高潮迭起的电影，有许多次，怦然作响的心被他绘声绘色的文字勾到了喉头，真有种透不过气来的感觉。他叙事细腻，匿居山林要啥没啥的极其艰苦、进入市区刺探情报如履薄冰的高度危险、在日军手中多次死里逃生的极端惊险，娓娓道来，历历在目。许多家喻户晓的人物，如136部队的区长林谋盛先生、马来亚人民抗日军的代表陈平先生，父亲都因为与他们有近距离的接触而有了生动翔实的描绘，可说是极为珍贵的史料。

父亲行事井井有条，这也清楚显示于他层次分明的叙述里。

他与其他抗日志士在马来亚秘密登陆后，暂时匿居于危机重重的昔加里山。经过多方努力，136部队终于和马来亚人民抗日军取得了联系，会晤了马来亚人民抗日军的代表陈平先生，为双方的抗日合作铺平了道路。在陈平先生的协助下，136部队的成员历尽艰辛地迁移到了山势险峻而人迹罕至的美罗山，并在那儿签订了历史性的合作协议。

父亲以流畅的文字有条不紊地带领着读者，步步惊心地走入处处都是致命陷阱的抗日活动里。

136部队建在美罗山上的隐秘营房常遭来势汹汹的日军侵袭、放火焚烧，抗日志士们辛苦建立的基地转瞬化为灰烬。然而，他们一点儿也不气馁，一再迁移，也一再重建；一再戒备，也一再顽抗；一再策划，也一再反击，众志成城地为达到歼灭敌人的大目标而豁出性命地进行大努力。

父亲在日记里记载，每回日军大举入侵美罗山时，136 部队的成员便尽可能在最短的时间内将所有重要的东西掘土掩埋。

看着父亲厚厚一大沓经过 70 余年岁月熏染而发黄的纸张，我隐隐闻到了泥土微腥的气息。啊，究竟有多少次，父亲得在十万火急的情况下，把他的战地日记深埋于泥土中？正由于他这份锲而不舍的坚持，这一段珍贵的史实才不会永远湮没于岁月的尘土中。

过去 3 年，在撰写《父亲与我》这部书时，这许多不啻拱璧的资料就被我慎重地放在电脑旁边，日日夜夜陪伴着我。

艰巨的任务完成之后，我决定把这些珍贵的资料捐给新加坡国家档案局。

我心中有很深很深的不舍，因为这是父亲留给我的瑰宝。但是，经过慎重考虑后，我觉得父亲的战地日记是历史的一部分，也是国民教育的重要元素，它应该是属于国家的、国民的，所以，在 2015 年 4 月 21 日，我让新加坡国家档案局成了它永远的家。

净化语言

今天中午，在锦茂熟食中心吃斋米粉，旁边坐了两名年轻女子。

她们正兴致勃勃地交谈着。

甲说："我下个月要 on leave 2 weeks。"

乙问："哇，where you go？"

甲应道："Nepal 啦！去 climb mountain。"

乙惊叹："No wonder 你这么 fit！"

甲又说："我和我 brother 一起去。有伴，more fun 啦！"

乙问："现在你 brother 在哪里 work？"

甲说："Same 啰，他 boss 对他蛮 nice 嘛，他就 stay on 啰！"

两个人以支离破碎的语言交谈，却越谈越起劲，谁都没有发现对方的毛病，或者更明确地说，大家都不认为那是一种"毛病"，反而以为这是展示自己双语能力的完美方式。我听着听着，耳朵里起满了鸡皮疙瘩。

多年以来热衷于推动环境清洁运动的新加坡，是不是也应该在语言面貌日益"溃烂"的当儿，推行语言净化运动呢？

让我倍觉揪心的是，这种怪异的说话方

式已经成了新加坡的语言特色了，就连幼稚园的 3 岁小儿，在以娇嫩的童音说华语时，也左一个"then"、右一个"like"，好像不在话里夹上几个英语单词，便会成为被人排斥的怪胎。

走在中学或初院的校园内，听学生们交谈，我很难明确地分辨出他们到底是在用英语还是华语进行沟通。

且听听以下这段对话：

甲说："嗳，The Great Singapore Sale on 啊，你下午要不要一起去 shopping？"

乙说："How can! 有课啦！"

甲说："你不会 skip 咩？"

乙说："我哪里敢！ Mrs.Cheong damn 凶耶！"

甲说："算了，I go on my own!"

乙说："Where to？"

甲说："去'大家死买嘢'啦，我要买 sport shoe，才 half price 耶！"

走在这两名学生后面，我忍俊不禁，真要为她们的"语言天分"脱帽致敬了。

日本百货公司"Takashimaya"（高岛屋）居然活灵活现地被甲翻译成广东话"大家死买嘢"（大家发狂地买东西），音和义俱佳。倘若该百货公司的老板知道这个

"神来之笔"的翻译，恐怕会给她送上一大沓免费的购物礼券！然而，如果大家仔细听，便会发现，语言在她们口里已碎不成形了。

这两名学生神态自若地以新加坡式语言一来一往地交谈时如鱼得水。

追溯这种语言掺杂现象产生的主因，是教育制度的转变。学生在校除了母语一科外，其他科目全是英文授课，当学生要用华语表达时，发现词汇不敷运用，支支吾吾说不出、迟迟疑疑道不清，不得已，只好借用英语来助阵了。如此这般，说着说着，觉得这种又中又西的说话方式竟也能带来新鲜的时髦感，旷日持久，便习以为常了。

原本应该引领语言潮流的广播员，有时也随性或凑兴地在节目里以中英夹杂的方式大谈特谈，盲目崇拜的观众当然也就有样学样了。雪上加霜的是，有些精通双语的父母在跟孩子说话时，也在话语里夹杂英语单词。每回听到，我便觉得异常难受。有着长达 5000 年历史的中文字库就犹如"文字的满汉全席"，面貌斑斓，要啥有啥，予取予求，何需借用外语！

可悲的是，现在新加坡学生即连烹煮"家常小菜"也得伸手向"西方调料"求救！如此炊煮出来的"语言菜肴"不伦不类三不像。

老实说吧，我们也不要求年轻的一代说标准的英语或纯正的华语，但是，我想，最起码的要求，是让语言恢复纯净的本貌。

那是我们对语言最基本的尊重。

在网上看到这张照片时，我一双眸子霎时变成了两个大大的惊叹号。只见枝繁叶茂的大树上疏密有致地悬挂着慈眉善目的菩萨，一个个小若巴掌的菩萨双手合十，闭目沉思，嘴角隐隐然闪现着笑意。

哎哟，原本法力无边的菩萨怎么竟会晃荡着被人悬挂于树上呢？而且，还魔幻似的出现那么多个？

原来啊，它们是中国河北省邯郸市一名果农蒿现章经过长达 6 年的试验而培育出来的一种外形酷似菩萨的梨子。

这种"菩萨梨"于 2009 年推出后，由于造型奇特而又寓有吉祥之美意，在中国掀起了抢购热潮。如今推向海外，也备受欢迎。

果农蒿现章在接受访问时表示，当初他根据这个新颖的构思进行培植时，大家都讥笑他异想天开、痴人说梦，嘲讽他虚掷金钱、白耗时间。他孜孜矻矻地勇往直前，屡战屡败而又屡败屡战，终于苦尽甘来、美梦成真。

坦白说吧，乍见"菩萨梨"时，震撼我的倒不是上述有着奇思妙想的果农蒿现章，而是能预知未来的作家吴承恩。

早在距今数百年前的明代，《西游记》的作者吴承恩便已在《孙悟空偷吃人参果》那一章里提及人形果子了。

话说唐僧师徒前往西天取经，路过万寿山镇元大仙的五庄观，镇元大仙刚好不在。道童摘了两个"九千年才熟一次，吃一个便能活四万七千年"的人参果献给唐僧。唐僧一见那长得"人模人样"的果子，大惊失色地说："我是出家人，哪能吃人！"尽管道童再三解释那是人形果子，唐僧还是不肯吃，道童便自行吃掉了。馋嘴的猪八戒窥见，怂恿孙悟空去偷。道童巡园时发现人参果不见了4个，凶神恶煞地指着师徒4人骂个不休，触怒了孙悟空，于是孙悟空把树连根拔起。镇元大仙知道后，勃然大怒，将师徒4人捆绑起来，孙悟空帮助大家成功逃脱。镇元大仙又张开袖子，把他们收了进去。他要求孙悟空3天之内把树救活，才释放他们。孙悟空最后恳求观音菩萨帮忙，用甘露仙水救活了人参果树，师徒4人才得以重新踏上前往西天取经的征途。

吴承恩运用天马行空的想象力，结合民间传说，为读者打造了一个个活灵活现的神话故事，让人读得如痴如醉。有些学校，以其中一些故事为教材，让学生写读后感。在《西游记》里，有许多道德概念不动声色地潜藏着，等着学生去发掘、反刍、吸收、消化。

当许多家长慨叹市面上没有适合孩子的读物时，他们忽略了近在身边、近在眼前就有一部老少咸宜的绝妙读物——《西游记》。这部长达100回的文学名著，每一则"逢凶化吉"的故事都精彩绝伦。且莫说那波澜起伏的情节，单单孙悟空那无所不能的七十二变就让人目不暇接了。如虎添翼的是，文言文版的《西游记》早已被改写为浅显易懂的儿童版、改编为妙趣横生的漫画、设计成新奇好玩的电子游戏、拍摄为引人入胜的电影和电视连续剧。家长可以从动态的《西游记》入手，让天真烂漫的孩子爱上那神通广大的孙悟空，再进一步把他们慢慢地引进斑斓美妙的文字世界里。这种"寓教学于趣味"的学习理念，正好符合了目前的教育潮流啊！

学习语文，只要有了兴趣，一切便水到渠成了。

文学的诱饵

南洋女中校园各处散置着舒适的木桌、木椅，让学生随意坐着温习功课。贴在桌子一隅的那一张张介绍文字，紧紧地抓住了我的注意力。仔细一读，啊，原来是"文学的诱饵"！那些妙趣横生的文字，不是抄自考试的辅助读本，而是摘录自一部部内涵丰富的文学书籍。东方的、西方的、古典的、现代的，都有。学生在温习功课的当儿，不经意地读到这些介绍文字，诱发了爱的火花，便会自动自发地去图书馆找书来读。这样的做法成熟而又睿智，因为无声地浸润就是教育最高的境界啊！

要鼓励孩子阅读，首先必须创造一个有利的环境，而不是一个强制的环境。

中国著名作家余华在《十个词汇里的中国》一书里，谈及一个发人深省的真实故事。经历过"文革"的余华坦言那个时代是没有文学的，在他们从小学到中学的课本里就只有两个人的文学作品，那就是鲁迅的小说、散文、杂文和毛泽东的诗词。他们从小就被告知，万恶的旧社会是一个"吃人"的社会，而鲁迅的作品，如《狂人日记》《孔乙己》《祝福》《药》等，都是揭露旧社会罪恶的。在那些年月，余华坦白地承认："我有口无心地读着语文课本里鲁迅的作品，从小学读到高中，读了整整 17 年，可是仍然不知道鲁迅写了什么。我觉得鲁迅的作品沉闷、灰暗和无聊透顶。除了我在写批判文章时需要引用鲁迅的话，其他时候鲁迅的作品对我来说基本上是不知所云。"到了 20 世纪 90 年代，余华在一个偶然的机缘里，重读了鲁迅的作品，这时真正地从文学的角度去读鲁迅及其作品，他大感震撼地说："他的叙述在抵达现实时是如此的迅猛，就像子弹穿越了身体，而不是留在了身体里。"在读过《鲁迅全集》后，他全心折服地表示，"这是一个伟大的作家。"

余华在截然不同的情景下阅读同一位作家的作品，有着截然不同的认知。当文学成为现实生活里被利用的工具而学生们被逼着去阅读时，那些优秀的作品便会被心理上的憎恶感惨惨地糟蹋。

同样的道理，如今，我国莘莘学子不爱读文学书籍，其中一个原因恐怕就是许多人都把文学读本和考试挂钩。

在推动阅读时，强制学生硬生生地记住某部书的情节，然后依此设计测验题目，从中测试阅读的成果，或者让学生一板一眼地去分析书中的写作技巧和主题思想，凡此种种善意的举措，实际上都是谋杀孩子兴趣的凶器。

比较理想的做法是，学校在营造了一个温馨的读书环境之后，教师可以充当提灯的引路人，与孩子并肩而行，帮助他们选择合适的精神食粮。然后，以愉悦的心与他们共享阅读之乐。最重要的是，我们必须让他们明确地认识到，阅读文学书籍不是为了应付考试，而是对快乐一种至高的追求。文学读物如果肤浅地沦为考试的工具，考试一过，书本便会被束之高阁，甚至化为一堆灰烬。但是，阅读如果能够变为快乐的符号，那么学生与书本便会缘结终生。

一个熏染书香的人，是一个幸福的人；一个熏染书香的社会，是一个优雅的社会。

阅读，不是一人、一家、一校的事，它关系到全民的形象和全国的快乐指数。

华语到了她嘴里，变成了一道河，潺潺地流、源源地流，没有夹沙带石，异常畅快。

实在难以置信，坐在眼前的白雪丽竟是地地道道的美国人。更叫人吃惊的是，她的华文竟是在新加坡自学成功的！

去年，警语书籍（Epigram Books）出版社将拙著《寸寸土地皆故事》（游记）交由她翻译，厚达 400 页的译著 *In Time, out of Place* 已于 2014 年 4 月面世。

白雪丽肄业于中学时，曾通过文化交流计划，到新加坡住过一阵子，爱上了这个岛国，所以 1993 年在美国获得了大学学位后，便千里迢迢地来到新加坡，以教导英语谋生。后来，与一位教友结为金兰姐妹，接受邀请而搬到她家里去住。

耳濡目染，当年 21 岁的她对华文渐渐产生了浓厚的兴趣。她原本想报读语言学校，可是她的干妈对她说：“只要有心学习，处处都有学习的机会，哪里需要坐在课堂里一板一眼地学呀！”

干妈原本目不识丁，却积极地以电视新闻作为学习的渠道——在听播音员播报新闻的同时，她努力通过华文字幕辨识词汇，慢慢地建立了自己的小字库，集腋成裘，现在，她已能享受每天翻阅报纸的大乐趣了。

白雪丽在她的不断鼓励下，把生活的海洋当作学习的课室。她广交朋友，仔细聆听，大胆开口，不耻下问。她干妈是客家人，家庭成员常以客家话沟通。每当他人开口说话时，她总来听，结果呢，居然学会了客家话！她笑嘻嘻地说："你可别小觑我的客家话啊，不管你说什么，我全都听得懂呢！"

至于阅读，她从图文并茂的儿童故事书开始，边猜边读、边读边学。然后循序渐进，难度渐次提升，全力以赴地学习、全情投入地学习。如今，不论是浅显易懂的白话文还是艰涩难懂的文言文，全都难不倒她。

白雪丽表示，学习语言，最关键的是你必须爱它，有了爱，便有了披荆斩棘的信心和动力，即使投注再多的时间也嫌不足，就算放进再多的努力也嫌不够。爱，能够帮助你持续不断地攀爬学习的梯阶，上了一层楼之后更上一层楼，永无止境。

对于我国莘莘学子学习华文的冷漠态度，白雪丽客观地分析，社会与家庭不断给孩子错误地制造了"华文难学"的印象，致使孩子在起步时便已经存了打退堂鼓的心。试想，尚未进入沙场，便已升了白旗，对于战果，还能乐观吗？学习语言，是必须抱着破釜沉舟般的决心的呀！

要去除学习的心理障碍，白雪丽认为，家长应该在孩子小的时候便设法让他们爱上华文："给孩子讲故事呀，让他们认识孙悟空、猪八戒、沙僧等可爱的形象，然后慢慢地将他们引进书籍美妙的天地里。还有啊，古典文学，如《水浒传》《三国演义》等已经被开发成很有趣的电脑软件，家长应该让孩子尽情地玩，等他们熟悉了这些人物形象后，也许便会自动找书来看了。"

诚然，有了爱，学习自然水到渠成。缺乏了爱的学习，是拉牛上树的方式，是强按牛头去喝水的方式，往往事倍功半。更糟的是，后劲全无，学生一离开校门，便将书本束之高阁，不说、不读、不写，渐渐地，过去的学习成果便悉数还给老师了。从零开始，又回归于零。

白雪丽说道："我，一个美国人，21 岁才接触华文，能够在新加坡自学成功，我就不明白，新加坡的学生为什么会视华文学习为畏途？"

她提出的这个问题，值得大家好好思考。

聆听文字的声音

精通华文的美国人白雪丽曾经把多部华文作品翻译为英文，这些作品包括虹影的《好儿女花》、周粲的《微型小说选》、李娜的自传、范稳的《悲悯大地》、盛可以的《北妹》《死亡赋格》《白草地》。

谈及翻译心得时，这位已出版了6部诗集（英文）的诗人一针见血地指出：如果翻译的是商业或法律文件，要精准地表达词意是易如反掌的；如果翻译的是文学作品，情况便全然不同了，译者除了要有语言能力外，还必须具备深厚的文学素养。

白雪丽双目含笑地表示，文字是会发出声音的，每一部书都有着截然不同的声音。文字是具体的，声音是抽象的，翻译文字易，捕捉声音难。文学感强的译者往往能够敏锐地听出声音里的特质，再通过别具一格的语言，把个别作家独特的味道恰如其分地展现出来。

白雪丽提出了一个独特的观点，她说，作者在创作时，把自己整个人放了进去，译者翻译的其实是作者这个活脱脱的人，而不是摊放在书本里面的文字。每个作家其实都是"第一轮的译者"，他们以自己熟悉的文字"翻译"自己的思维。当译者帮他们把这种思维转化为另一种文字时，就必须深深地钻进他们的思想王国里，化为他们脑细胞的一部分，而不是蜻蜓点水般地在字里行间兜兜转转。

她以中国湖南著名作家盛可以的小说《北妹》为例，说明如何去捕捉文字的"音符"。

《北妹》叙述的是湖南妹子钱小红远到广东打工那血泪挣扎的故事。盛可以的作品一向以观察敏锐和冷酷抒写为特点，她的语言风格有一种横冲直撞式的明快与泼辣，充满了跳跃性的活力。

"她在《北妹》这部小说里运用了不少湖南方言，这些方言具有强烈的音乐感，节奏极快，砰砰砰，就好像机关枪在扫射。细细读完全书后，我已触摸到文字的基调了。为了明确凸显作者的文风，我决定采用短句表达而不按照原文一字一句地翻译。全书是如此开头的：'她就是钱小红，湖南来的。'我如果译成'She is Qian Xiaohong from Hunan'，读起来就索然无味了。我另辟蹊径，把这个句子翻译成：'Her. Right there. That's Qian Xiaohong. She's from Hunan.'如此一来，句子就变得有节奏、有声音、有味道了！"

谈及翻译的难度，她说，由于东西方文化的差异，笑话是最难处理的。比如说，东方人嗜吃，有时不免会拿吃狗肉来制造笑料，但是这样的"笑话"是西方人绝对接受不了，也忍受不了的。此外，如果作者在小说里提及中国一些家喻户晓的经典人物，如武松、武大郎、潘金莲等，译者在转译时也煞费周章，因为对于不曾涉猎中国经典著作的西方人来说，这些人物是全然陌生的。

另一个令她头痛的问题是，作者刻意营造晦涩的文风，叙事时，从情节 A 跳到情节 D，却没有清楚交代情节 B 和情节 C。这种缺乏逻辑性的无厘头叙事方式会使译者如堕五里雾中。倘若连译者都无法厘清书中情节，试问又如何能够捕捉到作品的特质而打动读者？

2016 年，她完成了拙著《文字，就是生命》的翻译工作，书名译为 *A Life in Words*，由警语书籍出版社出版。

她双目湛湛生光地说："在整个翻译过程中，我都想方设法去聆听你文字里的声音呢！"

孜孜矻矻的白雪丽以一个生动的比喻说出了翻译的"精髓"："人云亦云的鹦鹉虽然懂得模仿，却抓不到说话者骨髓里的神韵。优秀的翻译者必须像个慧黠的小孩，在模仿别人说话时惟妙惟肖、以假乱真，那才显示出真功夫。"

一日，与相交多年的钟志邦夫妇聚餐。餐后闲聊，他的夫人春华告诉我，家里有一个房间，是专供钟志邦贮存他视若瑰宝的各类收藏品的。我心想：醉心艺术的他，珍藏着的应该是各种价值不菲的古玩字画吧？春华没有往下说，我也没有详加追问，不过心里是挺羡慕的，盼望着有一天能被他邀去欣赏那一整个房间的艺术精品。

近读他刚刚出版的新著《从南大① 到北大——讲不完的故事》，在书中不同的篇章里，我赫然发现，他千辛万苦地从本土和异国所搜集的根本不是什么价值连城的艺术品，而是意义深长的各类"历史文物"！

在《抢救老南大瓦片记》这一章里，他畅述自己一个充满了戏剧性的行动。

在 1994 年的某个早上，当他读报知悉那几天工友们正在更换云南园几座因年久失修而破旧不堪的凉亭瓦片时，当即风风火火地"飞车"到 20 多公里外的"事发现场"去。抵达时，他发现所有凉亭都已经秃顶

①指现在的新加坡南洋理工大学。

了，工人正把拆下来的破碎瓦片搬上卡车。他立马表明自己是"老南大"人，征得工人的同意后，他在那堆破瓦中翻来覆去地找，终于拣到几片完整的，不啻拱璧地捧回家去。这些绿色的琉璃瓦片是昔日在中国特别定制的，每一块瓦片都明显地烙上了"南大"两个字。对于所有南大校友来说，它们的确有着永世难以抹杀的历史意义。

钟志邦在《汪老已去砂壶犹存》这一章中说了一个妙趣横生的小故事。

众所周知，远在 1993 年，海峡两岸关系协会时任会长汪道涵与台湾海峡交流基金会时任董事长辜振甫在新加坡举行了举世瞩目的"汪辜会谈"。2006 年，钟志邦陪同英国坎特伯雷大主教访问中国，在武汉一个官方午宴上，心细如发的他发现会客厅里摆放着精美的紫砂壶，其中一个竟然有汪道涵的题字："紫砂陶艺精美绝伦。"他向经理表明想要购买的意愿，经理见他盛意可感，便以 500 元人民币的价格将原本只供客人观赏的紫砂壶卖给了他。

在《台北的烧饼、金门的炮弹》这一章内，他介绍了两个意义非凡的收藏品。

20 世纪 50 年代发生了炮轰金门的事件，金门人后来利用炮弹壳制造坚实耐用的钢刀，还幽默地表示："这是同胞送来的礼物。"2014年，钟志邦去金门制刀厂参观时，没买钢刀，却别具深意地向工友要了一小片炮弹壳，因为他在炮弹壳上听到了两岸人民渴求和平的呼声。

几天过后，钟志邦来到离台北不远的平溪镇，那是一个满溢乡土味道的小古镇。在漫步时，他发现了一个全用古老木块装饰的老店，那些木块取自附近已经作废了的火车轨枕木，而这火车轨是日本人在台湾铺设的，已有百年历史。这时，眼尖的他看到老店的桌上放着一块50厘米长、20厘米宽的火车轨枕木，灵机一动，恳求店主出让。对方知道他是来自新加坡的有心人，便爽快地以200元新台币（1元新台币约等于0.2元人民币）出让。次日，他欢天喜地地将这块装在麻袋内沉甸甸的"历史文物""护送"回家。

敏锐的钟志邦能从一砖一瓦、一木一石中看到历史发展的轨迹，看到兴盛的辉煌与颓败的灰暗。作为一位地球的子民，他不放过任何可以为历史留痕的物品。

唯有尊重历史，才能如此珍惜历史文物。正因为这样，钟志邦在《从南大到北大》一书里的文字充满了触动人心的人文关怀。

有一对老夫妻，相濡以沫地住在山东省天津湾的一个小村里。

秋天，从田地里摘回来的那个翠绿色的葫芦惊人地肥硕。老妪把大葫芦搁在高脚木凳上，用手摁住，老翁则用锯子使劲地切。夫妻俩要用葫芦瓢来煮一道好菜，再用葫芦瓢充当盛水的勺子，物尽其用。

闲来无事时，两人坐在一长串曝晒着的玉米底下，老妪为老翁挠背。老翁说："往上点儿，再往上点儿，你听见了吗？"

老妪 6 岁缠足，趾甲长成了蜗牛的样子。忙完农事后，老妪把三寸金莲放在老翁膝上，老翁低着头，很用心地为她修剪那硬如石的趾甲。

老翁干活时，手指不小心扎了刺，老妪戴上老花镜，细心地为他挑。挑痛了，老翁便嚷道："你这哪里是挑刺呢，简直是挖坑、刨树嘛！"老妪细声慢语："老了，眼花了，看不清了。"

将近春节时，老妪的肺气病发作了，住进了医院，老翁孤孤单单地坐在冷冷清清的大厅里，没精打采。老妪的病情好转了，老翁迫不及待地赶往医院。老妪坐在床上，老翁坐在床边一边抹泪一边说："咱俩结婚68年，这可是头一回不在一块儿过年啊！"

老翁和老妪结婚70周年时，儿子买了飞机票，让他们俩到北京旅游。第一次乘飞机的老妪十分紧张，老翁则像个顶天立地的好汉，握着她的手安抚她。抵达北京后，两个老人，四条腿、两根拐杖，手牵手，把足迹印在京城各处。

两人日趋衰老，老翁抚着收藏在家里那一口厚重扎实的棺木，对老妪说："你跟着我受了一辈子苦，这口棺材留给你吧！俺再做口薄的给自己。"老妪露出了心满意足的笑容，逢人便说："俺没白跟当木匠的过一辈子啊！"

这些比阳光更温暖的场景被中国著名摄影家焦波一一捕捉在镜头里，成了一张张触人心弦的照片。

照片里的老翁和老妪就是焦波的爹和娘。

焦波用长达30年的时光，将父母生活的点点滴滴拍摄成1万多张溢满生活气息的照片，再精选出100余张，于2007年出版成摄影专集《俺爹俺娘》。

这些内涵丰富的照片让我们真真切切地了解到，

爱不是没有承担的甜言蜜语，爱是一生一世平平凡凡的相依相偎。尽管他们婚前一个住在村东，一个住在村西，素不相识，可是，凭媒妁之言定下婚约后便祸福与共。夫妻情是一道温暖的溪，潺潺地流，流呀流，永不干涸。

焦波这些朴实的照片不但反映了隽永的夫妻情，也为岁月的变迁和时代的变化留下了珍贵的记录，成了历史的烙印，也成了众人记忆库里共同的资产。

这些精湛写实的照片感动了千千万万人，屡夺摄影大奖，后来《俺爹俺娘》的故事更被改编成一部 24 集的纪实连续剧。

焦波向记者表示：为父母摄影是他行孝的方式，缅怀爹娘时，看看照片，音容宛在。

有感于孝道日趋淡漠，焦波于 2014 年发出了"一起回家"的倡议，呼吁众人常回家看看爹娘。

他情真意切地说："年终了，都回家看看爹娘吧！结了婚的带着家人，单身的带着孝心，回到生你、养你的那个地方去吧！爹娘就像盼天，一天一天地盼，盼了一年了。回去给他们梳梳头、洗洗脚、照张相，度过一个团团圆圆的大年吧！"

是的，除夕的丰盛不在于桌上的大鱼大肉，唯有当桌边坐着笑逐颜开的父母，才能彰显出新年无懈可击的圆满。

　　要尽孝，是必须和时间赛跑的，死神不会为了任何理由而放缓脚步。

最近，连续读了两部描述祖孙情的写实作品。著名儿童文学作家殷健灵和知名演员倪萍分别以真挚细腻的生动文笔，追述了外祖母生前的点点滴滴，使老人纯朴善良、坚毅慈爱的形象跃然纸上。

祖孙之间温馨的互动当然触动人心，然而，书中最让我感动的却是这两位睿智女子诠释孝道的方式——她们各自以独特的方法来帮助外祖母抗衡岁月，延缓衰老。

老人最怕的便是无人做伴的孤独。殷健灵在《爱——外婆和我》一书里如此写道："每次全家出行总要带上年近 100 岁的老外婆，无论是去郊游还是去戏院。但这半年，越来越感觉到外婆的衰老，搀扶她外出，一次比一次感觉累。但是，只要她还能走得动，还要带她出去。后天，我们要去看沪剧。我在用这样的方式给外婆和自己打气。"

书中多次提及她与耄耋老人携手外游的种种快乐。外婆 84 岁时，殷健灵带她游西湖，她说："外婆显出老小儿似的兴奋，还神采奕奕地随团爬上了灵山……"又说，

"旅行团所有的人都用一种含着深意的眼光打量我们，说还没见过年轻人特意带老人出来玩的呢！"

啊，"特意带老人出来玩"就是孝道里非常重要的一环啊！

殷健灵目睹她亲爱的外婆从精神矍铄的老年初期慢慢变得茫然、迟滞、退缩，后来，当她无法再带"举步维艰"的外婆远行时，便想方设法为她寻找老人益智玩具。简单的拼图，给智力退化的老人带来了不少乐趣。这个时期的外婆已经"慢慢退回成一个小孩子，常常忘了年龄，又常常被自己很老很老的岁数吓一跳"。殷健灵履行孝道的方式，便是时时陪着她玩，她亦庄亦谐地写道："2010 年，我 40 岁，外婆 96 岁。她时而糊涂，坐在沙发上呼唤姆妈。我凑上去，指着自己的鼻子开玩笑道，喊我姆妈，我就是你的姆妈。外婆嗔笑着骂我'十三点'。"

这段至情至性的文字，让我读着时闪出泪光。理解、宽容、幽默、温柔和陪伴正是老人最需要的啊！在我们小的时候，老人无条件地给予我们的不也正是这些吗？

倪萍的《姥姥语录》令人喷饭，活力充沛的姥姥妙语如珠。倪萍从来没有想过，以"乐就是福"为人生哲学而常常说"糖稀越粘越厚，苦菜越洗苦水越少"的快乐姥姥，竟然也会有老的那一天，可是，当"姥姥盘腿儿坐在床上说着说着话就睡着了"，倪萍知道，年届97的姥姥真的老了。倪萍担心姥姥这么连续睡，很快便永远睡过去了，于是，给她找了几份工作，并自掏腰包给她发薪水。家里长期定3份报纸，她佯称报社要回收旧报纸，请姥姥按照报纸的大小去分类叠齐，每天付她15元工资。姥姥起初兴致勃勃地干，但是，叠着叠着报纸竟然还是挡不住昏睡，于是，倪萍赶紧为她布置新工作。她诳称有公司要出口瓜子仁到欧洲，要她用手剥葵花籽，果仁要完整，不能碎，剥一瓶15元。姥姥全神贯注地剥，不打瞌睡了，饭量也大了，人当然也精神了。以前，倪萍给她零用钱，她总不舍得花，现在自己"挣了钱"，便欢天喜地地花得心安理得。倪萍以一个个美丽的谎言，帮助姥姥把日子过得滋滋润润的。书中类似这种有趣而感人的例子不胜枚举。

啊，像哄小孩一般地把老人哄得高高兴兴就是"知易行难"的孝道了呀！

殷健灵和倪萍教会了读者如何以具体的行动给辛苦了一辈子的姥姥带来真正快乐的晚年。

精神巨人丰子恺

丰子恺的画很绝。他画的明明是寻常生活里的点点滴滴，可是画里的意境常常让我联想到天上的云、高山的泉、谷里的溪，纯净、清澈、晶亮。有些画，笔调很干净，然而，寥寥几笔，寓意丰富，有一种"与世无争、超然物外"的味道，极耐咀嚼。这样的功力，是以他深厚的艺术修养和高超的人生哲学为基础的。

喜欢了他的画后，便去读他的散文《缘缘堂随笔》。愈读愈爱，好一个广、博、深、妙的文字世界啊！

他笔下的素材"广阔如海"，国事家事、大事小事，无物不可入文，充分体现出他"最喜小中能见大，还求弦外有余音"的创作观。不论他写的是什么，都展现出博爱的精神——他爱世界、爱国家、爱民族，爱亲人、爱朋友，爱大自然、爱小动物，处处流露出悲天悯人的情怀；他运用平易近人的语言，将儒家的温柔敦厚和佛家的慈悲为怀收于笔下，展示了深邃圆融的思想内涵；他不喜欢板着面孔说教，惯常以妙趣横生的语言嘲讽世情，让人在愉悦的心情中接受教诲。

丰子恺的作品可说是"文中有画"而"画中有文"。

2015 年 11 月初，在初冬的斜风细雨中，我来到恬静美丽的桐乡，去石门镇参观丰子恺故居。具有沉稳朴实之美的缘缘堂，当年是由丰子恺亲手设计的，很遗憾地在 1938 年毁于战火。丰子恺去世后，当地政府为了纪念艺术成就卓越的他，在原址按原貌重建，落成于 1984 年。在丰子恺百年冥诞的 1998 年，又在缘缘堂毗邻之处建了"丰子恺漫画馆"。

馆内除了展示他光辉灿烂的艺术作品外，也展出了他生前许多日常用品。其中吸引我注意力的是一张木床，那床简陋、狭小、粗硬，莫说躺在上面，单单看，眸子都觉得痛楚。旁边的说明文字是："丰子恺先生在 10 年浩劫期间所睡的小床。"床只有 1.58 米，可丰子恺身高 1.74 米啊！

猫是丰子恺作品里常见的素材，比如说，《白象》《贪污的猫》里都写得活灵活现。然而，没有人想到，他的《阿咪》及其插图使他卷进了如同噩梦般的政治旋涡中。原因是他在文中提及给黄猫取名"猫伯伯"时加注道："伯伯不一定是尊称，我们称鬼为'鬼伯伯'，称贼为'贼伯伯'，称皇帝为'皇帝伯伯'。"批判者诬蔑他刻意借这段注文来进行影射和攻击伟大领袖，他被关押、批斗，然而，他以惊人的豁达化解了痛苦的际遇。

大大震撼我的是，在精神与肉体的双重折磨下，他居然还坚持每天凌晨4点起身，在微弱的灯火下偷偷地写作和绘画。到了清晨6点，再去"牛棚"从事艰苦的体力劳作。

每当我想到捧在手中的《护生画集》（6册）、《敝帚自珍》画集（4套）、《缘缘堂续笔》（33篇）等作品是丰子恺在如此艰苦而又充满危险的情况下完成的，心中的感动汹涌澎湃，在细读时，每一行字、每一幅画都闪出金子般的亮光。

丰子恺这种强大的精神力量，使他成了读者心中永远的巨人。

萧红和祖父

年仅 31 岁便香消玉殒的萧红在短短的一生里情事不断，然而，那一份份闯入她生命里的爱情让她受伤了一次又一次。幸运的是，在成长的过程里，有一份亲情就像电影里的凝镜般定格在她记忆的最深处，成了她生命最浓烈的底色。

那是祖父给予她的爱。

此刻，我站在萧红故居的后花园里，看着为还原萧红童年生活而栽种的各类瓜果蔬菜，仿佛看到祖父和萧红当年在园子里忙碌不休的身影。

在《呼兰河传》一书里，萧红如此写道："祖父栽花，我就栽花；祖父拔草，我就拔草。"祖父教她铲地，她分辨不清苗和草，往往把韭菜当作野草一起割掉，把狗尾草当作谷穗留着。祖父于是告诉她，谷子是有芒刺的，狗尾草则毛嘟嘟的像狗的尾巴，不具芒刺。她快乐地记着、学着，也调皮地捣乱着，祖父浇菜，她也抢过来浇，不过不是往菜上浇，而是把水喷向天空，大喊着："下雨了，下雨了。"后园是她和祖父逃避祖母责骂的乐园，她说："一到了后园里，立刻就另是一个世界了。绝不是那房子里的狭窄的世界，而是宽广的，人和天地在一起，天地是多么大、多么远，用手摸不到天空。而土地上所长的又是那么繁华，一眼看上去，是看不完的，只觉得眼前鲜绿的一片。"这段文字，其实已经揭示了萧红对自由世界的向往了。

祖母死后，萧红搬去祖父屋子里，祖父成了她文学的启蒙者，教她念《千家诗》。她说："我睡在祖父旁边，祖父一醒，我就让祖父念诗，祖父就念'春眠不觉晓，处处闻啼鸟。夜来风雨声，花落知多少'。"念完了，还加以讲解。早晨念、晚上念，半夜醒了，也念。念诗成了萧红心头的大爱，每天早上都缠着祖父一念再念，有时一直念到太阳出来了，她才甘愿起床。起床后，祖父去鸡架那里放鸡，她跟；祖父去鸭架那儿放鸭，她也跟，像个影子。

常年为饥饿所苦的萧红，对美食却有着鲜明的、美好的童年记忆。有一回，一只小猪溺死于井内，祖父把捞起的死猪抱回家，用黄泥裹起来，放在灶坑里烧。萧红说："祖父把那小猪一撕开，立刻就冒了油，真香，我从来没有吃过那么香的东西，从来没有吃过那么好吃的东西。"第二次，又有一只鸭子掉进井里，祖父也用黄泥包起来，烧给她吃。祖父让她选嫩的部分来吃，她吃得满手是油，随吃随在大襟上擦着，祖父看了也不生气，只是说："快蘸点盐吧，快蘸点韭菜花吧，空口吃不好，等会儿要反胃的……"寥寥数笔，祖父溺爱她的形象便跃然纸上了。

萧红动情地写道："祖父非常地爱我。使我觉得在这世界上，有了祖父就够了，还怕什么呢？虽然父亲的冷淡，母亲的恶言恶色，和祖母的用针刺我的手指的这些事，都觉得算不了什么。"

1929年，祖父去世，18岁的萧红承受了沉重的打击。

次年，为了反对包办婚姻，萧红逃离家里，自此开始了一连串颠沛流离的艰苦生涯。但是，祖父所给予她的爱化成了她精神世界里炽热的阳光。她在《呼兰河传》尾声里写道："呼兰河这小城里边，以前住着我的祖父，现在埋着我的祖父。"因为祖父，萧红故居里留下了她一串串朗朗的笑声；因为祖父，呼兰河这小城在她心里永永远远绽放着亮光。我甚至认为，是祖父这一份厚实饱满的爱给了萧红勇气和信心，使她得以坚强地应付日后许许多多常人所无法面对的灾难与不幸！

娉娉婷婷的她站在新加坡圣淘沙名胜世界的舞台上，展露在脸上的笑容像水晶一样透亮澄明。当晚座无虚席，万头攒动的观众既兴奋又好奇，大家都想知道这位华语说得不太流畅的歌星究竟是如何以歌声来诠释那一首首华文歌曲的？

她一开口便艺惊全场。

她唱的是《征服》，字正腔圆、发音极准。她的歌声集婉约与华丽于一体，熔浑厚和细腻于一炉。当歌声高高地在山巅上盘旋时，饱满醇厚，游刃有余；而当歌声低低地在山谷游走时，却又透出勾人魂魄的嗲与柔。更绝的是，她的歌喉有无限的张力，既能酣畅淋漓地把最细腻的缠绵之情转化为撩人心弦的潺潺小溪，又能淋漓尽致地把大气磅礴的豪情变为波澜起伏的澎湃大海。难怪有人以"鬼斧神工"来形容她这种变化无穷而又收发自如的歌声。

一曲唱毕，大家着魔似的鼓掌，对《征服》（原唱者为那英）这首歌情有独钟的朋友对她完美的演唱都不由得竖起拇指频频赞"好"。

在 2012 年，她参加中国东方卫视的《声动亚洲》，就是凭着《征服》这首曲子在总决赛中征服了 10 位资深的音乐评审员，全票通过，荣登冠军宝座，成为"亚洲至尊之星"。

最让人惊诧的是，这位在龙争虎斗中脱颖而出的女子只在"幼儿园到小学三年级"学过短短几年华文；仅仅"会说少许华语，会唱一些华语歌曲"的她，凭着音乐天分和过人的智慧，在不足两周的时间内苦练《征服》这首歌，在决赛中居然准确地掌握了歌曲深刻的内涵，以正确的语音做了完美无瑕的演唱。

她，就是夺冠之后在神州声名鹊起的茜拉（Shila Amzah）。

现年 25 岁而样貌甜美的茜拉是马来族，土生土长于马来西亚。

当初发掘茜拉这匹千里马的伯乐是她的父亲。

茜拉出生于演艺之家，父亲是 20 世纪 80 年代马来西亚家喻户晓的歌星 ND Lala，母亲是演员。茜拉 5 岁那一年，父亲带她进录音棚伴唱，从她优美的音质和对音乐敏锐的领悟力里，父亲惊喜地发现了她潜在的音乐天赋，从此积极栽培她。她 10 岁那年，父亲奔走于唱片公司，希望有人能为她录制一张唱片，但处处碰壁，因为唱片公司都不肯承担亏损的风险。父亲于是自掏腰包给她灌录，结果市场反应很好，唱片公司因此主动与她签约，给她在音乐界开启了一扇大门。迄今，年纪轻轻的她已用马来语发行了 3 张个人专辑、2 张合辑。

父亲的慧眼和苦心使这株幼苗得到了茁壮成长的机会。

在《声动亚洲》夺冠而声名大噪之后，茜拉又在 2014 年参加《我是歌手》（第二季），夺得亚军，气势如虹。之后，演出不断，盛名远播。她的优秀表现使她在同年荣获中国政府颁发的"中马友谊杰出贡献奖"。

茜拉，着实是马来人和华人之间一道最美丽的国际桥梁。

她向记者表示：当务之急是把华文学好，以便能顺畅地与中国人进行交流，她最大的梦想便是发行一张纯粹是华语歌曲的唱片。

坐在名胜世界的豪华剧院里，听这位披着飘逸头巾、穿着俏丽马来服装的女子以不同的风格演绎着《沙砾的秘密》《再见，不再见》《月亮代表我的心》《最长的电影》《想你的夜》等华语歌曲时，我发现歌词不是由她嘴里蹦出来的，而是从她心灵深处潺潺地流出来的。我想：

茜拉一定是让自己的歌魂深深钻进了美丽的方块字里，才能有如此超凡脱俗的表现啊！

那晚，她是以风般的姿势出现的。

她戴了一顶造型奇特的大帽子，身穿一袭白色衣裙，肩搭红白相间的披巾，脚着细跟高跟鞋，打着圈儿，飞舞着进场。在场观众只见一朵飘逸的云飞呀飞，不旋踵，便飘上了舞台。

年过六旬，可是这朵发亮的云依然以不可思议的美抓住了全场观众的目光。眉目如画，脸上全无岁月的沧桑，举手投足皆风情。

她和《妈咪侠》的导演高志森侃侃畅谈拍摄电影的种种趣事，可事后萦绕于我脑际的竟不是谈话的内容，而是她不时爆出的笑声，那种饱满灿烂的笑声清朗无尘，满满地浸泡着幸福，像一丛丛绽放自心坎深处的花。

电影《妈咪侠》里的女主角是一名图书管理员，在50岁那年，有了擢升为馆长的大好机会，可是来自家庭的重重压力使她萌生了提早退休的念头。丈夫失踪了整整10年，骤然有人来通知他已死亡的噩耗，还要她代夫偿还巨债。唯一的儿子既不找工作，也不交女友，整天窝在网络世界里，和母亲有着像海一样宽的代沟。时起勃谿的父母在无法忍受而又不愿再忍的情况下"分道扬镳"。签字离婚之后，八旬老父搬出去住，不久之后，却与女佣谱出黄昏之恋。女佣珠胎暗结，她怀疑胎儿另有"经手人"，要求老父验血测试基因，但老父大发雷霆，几乎与她反目成仇。一波一波打击接踵而来，她一关一关地闯过去，平凡软弱的形象逐渐变得高大坚强，故事最终以喜剧收场。

高志森导演在谈及选角时斩钉截铁地表示，除了冯宝宝之外，根本不作他想。片中女主角阿爱，一次又一次遭逢打击，精神几乎崩溃，但是大哭之后，甩一甩头，一切又过去了。高志森导演指出，人生的许多悲愁在事过境迁之后，通通都可以一笑置之！冯宝宝的性格就和阿爱十分相似——表面上看起来糊里糊涂的，一旦有事落到头上，却会灵光一闪地醒过来，毅然生出承担的力量和应付的智慧。

3岁便进入影坛的冯宝宝虽然誉满四方，但人生道路却异常坎坷。她一直觉得自己被家人当成摇钱树，被剥夺了纯真的童年和宝贵的求学机会。16岁那年，得知冯峰不是亲生父亲，在两家人为了她而在法庭上展开争夺大战时，她毅然淡出演艺圈，远赴英国求学。23 岁嫁给做金融买卖的招再强，诞下二子。后来发现丈夫负债累累，果断离婚，二子归前夫抚养。这时的她，除了厄运之外，一无所有，曾想跳楼自杀，却在最后一秒被理智唤醒。后来在感情上再次觅得绚烂的春天，嫁给马来西亚的建筑师翁兆泉。然而近年来，婚姻再次触礁的传言却甚嚣尘上，有些报道言之凿凿地指出她已离异。

在事业上，当年从英国归来的她，曾开设一家设计公司，却因经营不当而关门大吉。之后，她重返影圈，凭着精湛的演技重新俘获了观众的心。有人指出，在戏里，她宜古宜今、可正可邪、亦庄亦谐、能扮嫩亦能扮老，是戏路极广的百变戏骨。

我觉得冯宝宝演啥像啥，除了天分和努力之外，她个人起起落落而多舛多变的际遇也成了她演艺事业的丰富养分。

在《妈咪侠》的首映礼上，冯宝宝送给在场所有观众一张她亲笔签名的卡片，上面有 8 个字吸引了我的注意力："凡事感恩，天天有爱。"啊，这应该就是她睿智的人生哲学了，而这样一种充满阳光的心态也使青春常驻的她得以漠视生活里的一切不如意，活到老而又乐到老。

尤今小语系列图书推荐

《倾听呼吸的声音：回首岁月，种一株快乐的树》

尤今◎著　海天出版社　定价：32.00元

本书分为两篇：

上篇"回首岁月"主要介绍了尤今对于父母等长辈的哀思、感恩之情；

下篇"种一株快乐的树"主要介绍了尤今对于子女教育的一些期望和一点体会。平实处见真情、平凡处见温情。

《清风徐来：在门外挂串风铃，叮叮咚咚》

尤今◎著　海天出版社　定价：32.00元

本书分为四篇：

第一篇"石头很快乐"和第二篇"在门外挂串风铃"主要介绍了一些小故事以及尤今从中得出生活的感悟；第三篇"纸盒里的爱"主要探讨了爱情与婚姻的一点启示；第四篇"人生如文学"则是作者从文学创作的角度谈处世的哲理。

《把自己放进汤里：欢喜的豆花，抑郁的茄子》

尤今◎著　海天出版社　定价：32.00元

这是一本关于美食的散文集，全书通过对于各种美食的描写，揭示出浓浓的亲情、乡情以及言简意赅的做人道理。欢喜的豆花、抑郁的茄子……只要你细细咀嚼，就会发现：每种食物都蕴含着深入浅出的人生哲学。

《走路的云：用脚步丈量世界，品味生命》

尤今◎著　海天出版社　定价：32.00元

本书是新加坡著名作家尤今的旅行散文集，主要介绍了作者环游世界的一些见闻和感悟，其中重点介绍了在巴基斯坦与伊朗旅行的故事和感悟。以旅行来感受生命，以异域文明来观照中华文明。

作者简介

尤今，新加坡著名女作家，南洋大学中文系荣誉学士。曾先后任职于新加坡国家图书馆、报界，也曾执教于中学和初级学院。现在专事写作，已出版小说、散文集、游记180余部。作品每年都被新加坡多所学校选为课外辅助读本，也入选了中国的中小学教材和课外读物。

瀚·心灵系列图书推荐
——徐竹心灵小语系列

《放得下，生活无牵挂》

[台湾] 徐竹◎著　海天出版社　出版时间：2014.11　定价：32.00元

每一段时间，我们都需要停下来好好检视我们的生活，才能帮助自己拥有更快乐、健全的人生。也许我们曾犯了错，导致一段不堪的岁月，但并不是注定未来就会一直如此。我们无法改变过去，不如就改变未来吧。

《要想拥有安然自在的心，就不要为难自己》

[台湾] 徐竹◎著　海天出版社　出版时间：2014.11　定价：32.00元

没有什么困难是不可征服的。可悲的是，来自我们内心的负面作用，使我们无法安然自在。当你不再为琐事而为难自己时，就会发现其实自己不必完美，就可以拥有圆满富足的幸福人生！

《生活简单就是幸福：让烦恼舍离的五种练习》

[台湾] 徐竹◎著　海天出版社　出版时间：2014.11　定价：32.00元

要让自己幸福快乐很容易，只要在面临抉择时专心致志，不要把思绪束缚在琐细而无意义的事情上，你就能迅速做出对自己最有意义的判断。其实人生的阻碍都是我们自己一手造成的，让我们断绝烦恼，迈向简单幸福的生活。

《一个人的极致幸福：从爱上自己开始》

[台湾] 徐竹◎著　海天出版社　出版时间：2014.11　定价：32.00元

只要我们懂得适时地放下，凝视自己的内心，以满足的眼光看待周边的每一件事物，如此一来，无论是处于什么样的位置，都将能受到幸福的围绕，处处都是极致幸福的所在。

徐竹

作者简介

淡江大学大众传播学系肄业，工作经历非常丰富，曾端过盘子、卖过流行服饰、做过半宝石饰品设计，亦是儿童作品编剧、新闻杂志社会记者、BAZAAR 杂志采编、女性杂志主编、动画公司编剧等，已出版过的书籍有爱情小说、小品、心理励志以及少年小说、童话等。得奖记录："大墩文学奖""梦花文学奖""好书大家读"等。

台湾著名诗人余光中的文化散文集
——余光中文化小语系列

（内）（容）（介）（绍）

　　"本套书里面收集的三十八篇文章，有的可称正论，有的看似序言实为书评，有的却是文类的探讨、艺术的赏析，不过大体上都可以泛称评论。紧随《蓝墨水的下游》之后，十年来我的正论散评大致都收罗在此了。"

《李白与爱伦·坡的时差：余光中文化随笔》
海天出版社　　出版时间：2014.11

定价：39.80元

《心花怒放的烟火：余光中"序体文"集》
海天出版社　　出版时间：2014.11

定价：39.80元

作者简介

　　余光中，台湾诗人、作家。祖籍福建泉州，1928年生于南京，1947年考入金陵大学外语系，1948年随父母迁至香港，次年赴台，就读于台湾大学外文系，后赴美进修，获爱荷华大学艺术硕士学位。返台后，历任多所知名大学教授。一生从事诗、散文、评论、翻译，自称为写作的四度空间。多次获文学大奖，被誉为"中国当代散文八大家"之一。

余光中

"林清玄小语" 图书推荐

《匠士之道，平淡自有滋味：林清玄小语（上）》

作者：林清玄（著），老树（绘）

出版社：海天出版社　　出版时间：2016.12

定价：39.80元

内容简介：

　　人生一世，即便是轰轰烈烈、几度辉煌，平淡才是最后的"绝唱"。本书以"情"为主题，精选了林清玄讲述爱情、亲情、乡情、世情的文章，内容充分体现了"以清净心看世界，以欢喜心过生活，以平常心生情味"。

《心有沉香，不畏浮世：林清玄小语（下）》

作者：林清玄（著），老树（绘）

出版社：海天出版社　　出版时间：2016.12

定价：39.80元

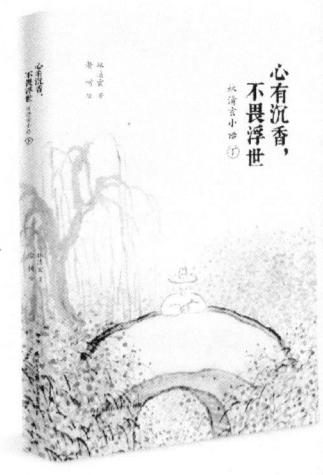

内容简介：

　　浮世是水，俗木随欲望水波流荡，无所定止。沉香是定石，在水中一样沉静，一样的香。一个人内心如果有了沉香，便能不畏惧浮世。本书以"禅"为主题，所选文章将文学与禅理相结合，东方美学理念和佛教哲学情怀融为一体，禅的机锋和日常生命感悟相融合，让人在平实的文字中感受深邃而朴实的佛理。

作者简介

　　林清玄，台湾高雄人，当代著名作家。30岁前获台湾各项文学大奖，文章多次入选中小学华语教材、大学语文选、高考语文试卷，作品风靡整个华人世界，被誉为"中国当代散文八大家"之一。

　　老树，新浪微博"老树画画"的博主，大学教授。20世纪80年代初自学绘画；2007年始，重操画业；2011年7月25日开通新浪微博，是目前在网络上火遍华人圈的"现象级"画家。